AF564297

PREMIERS PRINCIPES

DE STYLE

ET

DE COMPOSITION

IMPRIMERIE GÉNÉRALE DE CH. LAHURE
Rue de Fleurus, 9, à Paris

PREMIERS PRINCIPES
DE STYLE
ET
DE COMPOSITION
(ABRÉGÉ DE LA RHÉTORIQUE FRANÇAISE)

PAR

A. PELLISSIER
Professeur au collége Chaptal et au Collége Sainte-Barbe

OUVRAGE RÉDIGÉ CONFORMÉMENT
aux programmes officiels de 1866
POUR L'ENSEIGNEMENT SECONDAIRE SPÉCIAL
(DEUXIÈME ANNÉE)

PARIS
LIBRAIRIE DE L. HACHETTE ET Cie
BOULEVARD SAINT-GERMAIN, N° 77

1867

AVERTISSEMENT

Ce livre n'est réellement que le sommaire de mes *Principes de Rhétorique française.* On y trouvera la même division générale, les mêmes subdivisions, les mêmes règles et les mêmes exemples; il n'y a pas plusieurs manières de dire ce qui est bien.

En résumant ainsi ce traité complet de l'art d'écrire, je me suis proposé deux buts et j'ai voulu servir deux classes intéressantes de lecteurs : 1° les plus jeunes élèves qui se préparent sérieusement à l'étude de notre langue et de ses ressources littéraires; 2° les gens du monde qui, curieux de voir ou de revoir sous une forme très-succincte ces préceptes du goût dont l'application est de toutes les situations et de tous les âges, sont pressés par le temps ou les affaires et croient devoir reculer devant une étude qui leur paraît trop longue.

Je ne dissimulerai pas aux uns et aux autres que mon espérance et mon vœu, ce serait que la lecture de ce petit volume leur inspirât le désir de voir, d'étudier et de méditer le développement que j'en ai donné : leur éducation littéraire et morale ne pourrait manquer d'y gagner encore.

TABLEAU MÉTHODIQUE

DES

PRINCIPES DE STYLE ET DE COMPOSITION.

L'ART DÉCRIRE COMPREND :

1° L'invention

Ou recherche des moyens pour
persuader;
c'est-à-dire

Plaire	*Convaincre*	*Toucher*
par les mœurs.	par les arguments.	par les passions.

2° La disposition

Ou arrangement des parties.

Introduction.	Développement.	Conclusion.
(*Mœurs.*)	(*Arguments.*)	(*Passions.*)

3° L'élocution.

DU STYLE.

Observations générales.

Des mots. — Des propositions. — Des phrases. — Des périodes.
Des tours de phrase. — Des figures.

Qualités générales :	*Qualités particulières :*
Correction. — Clarté. — Naturel. — Convenance. — Harmonie.	Du style simple. — Du style tempéré. — Du style élevé.

PREMIERS PRINCIPES

DE STYLE

ET

DE COMPOSITION.

LEÇON I.

INTRODUCTION

DES COMPOSITIONS ÉLÉMENTAIRES DE LITTÉRATURE.

1. DES PREMIERS SUJETS DE COMPOSITION. — 2. IMITATION DES MODÈLES DE PROSE. — 3. EXEMPLE D'UN SUJET DE NARRATION. — 4. UNITÉ ET INTÉRÊT DU SUJET. — 5. MOYENS DE DÉVELOPPEMENT. — 6. ORDRE DES IDÉES. — 7. DU STYLE. — 8. DIVISION GÉNÉRALE DU COURS.

1. Des premiers sujets de composition. — A peine les enfants ont-ils un vocabulaire assez riche, à peine savent-ils tenir une plume qu'on essaie leur imagination sur de petits sujets. Et c'est avec raison, car jamais il n'est trop tôt pour commencer un exercice qui doit se continuer pendant toute la vie. Une de nos affaires les plus importantes dans la société humaine, c'est et ce sera toujours de communiquer et de faire partager aux autres hommes nos pensées et nos sentiments. Le travail de la composition littéraire, sous toutes ses formes, est donc une partie essentielle de l'éducation même la plus élémentaire.

2. Imitation des modèles de prose. — Un premier

exercice que recommande l'expérience, c'est celui qui consiste à proposer aux jeunes enfants l'imitation d'un morceau de prose.

Par exemple, à l'instar du *carrosse versé* de Mme de Sévigné[1], l'on peut demander aux élèves de développer dans un petit récit l'anecdote suivante :

LE TILBURY DE M. MILLION.

M. Million est riche, aussi se croit-il un grand seigneur. Hier il passait en tilbury sur le boulevard des Italiens; il rencontre, heurte et renverse un porteur d'eau et son tonneau et, dans son indignation, conduit le pauvre homme devant le commissaire de police, qui fait à M. Million la leçon qu'il méritait.

Dans le développement d'une matière de ce genre, on ne saurait croire, combien le secours d'un bon modèle aide et encourage les enfants, combien cette émulation avec un grand écrivain, développe, même chez les plus jeunes, d'imagination, de fécondité, de goût.

De même, à l'imitation du morceau de Voltaire sur le *Dévouement du chevalier d'Assas*[2], on peut proposer le sujet suivant :

LE JEUNE ZOUAVE.

L'amour de la patrie et le sentiment du devoir se révèlent parfois chez les jeunes gens avec un éclat digne d'admiration.

Émile faisait ses premières armes en Algérie sous le maréchal Bugeaud. Craignant une surprise le général avait fait veiller ses troupes. Émile envoyé pendant la nuit en reconnaissance, rencontre les Arabes qui le menacent de la mort s'il fait du bruit; il s'écrie : A moi, voilà les Arabes, et il tombe en disant : Vive la France!

Qu'un souvenir du moins soit le prix de son héroïsme.

Après l'exercice de la traduction des vers en prose, il n'en est pas de plus profitable que ce travail d'imitation.

C'est encore un excellent usage de proposer aux jeunes enfants des sujets ou matières de compositions faciles, telles que *narrations*, *descriptions*, *tableaux*, *lettres*, *fables*, *lieux communs moraux*, etc.

1. Voir *Morceaux choisis* des Classiques français, par A. Pellissier, 2e année, page 1.

2. Voir *Morceaux choisis*, 2e année, page 2.

3. Exemple d'un sujet de narration. — Pour les guider dans ce premier travail où leur jeune imagination peut se troubler et se perdre, le moyen le plus simple est de se mettre à leur place, de les suivre pas à pas, en leur indiquant tout ce qu'ils ont à faire : c'est ce qu'il faut essayer dès le début de ces leçons.

Soit par exemple un sujet de narration présenté à leur étude sous la forme que voici :

LE FER A CHEVAL.

Sujet. — Jésus se rendait avec Pierre à une petite ville. Il vit sur la route un fer à cheval et dit à Pierre de le ramasser; mais Pierre fit semblant de ne pas entendre. Jésus le ramassa lui-même, le vendit trois deniers et acheta des cerises.

La route étant longue et la chaleur accablante, Pierre mourait de soif; Jésus laisse plusieurs fois tomber une cerise, et à chaque fois Pierre se baisse pour la ramasser.

A la fin, Jésus lui dit qu'il aurait pu ne se baisser qu'une seule fois et manger des cerises à son aise. — Morale.

4. Unité et intérêt du sujet. — En face d'un pareil sujet, la première préoccupation de l'écolier sera de chercher ce qui en fait l'intérêt, c'est-à-dire quelle en doit être la morale. Il trouvera sans peine que la morale de ce récit se ramène à peu près à cette formule : *Pour avoir voulu s'épargner une petite peine, on s'expose souvent à de bien plus grands ennuis;* ou encore : *Il n'y a pas de si petite chose qui n'ait son utilité.*

Cette idée bien comprise devra être ensuite comme l'âme de toute la composition.

5. Des moyens de développement. — Ce qui reste à faire, c'est de développer ce sujet, de manière à donner au récit plus d'intérêt et de mouvement que n'en peut offrir la matière. Dans ce but l'esprit cherche des moyens de développement et d'amplification.

Le commencement de la matière ne comporte guère que des additions sans importance; le narrateur comme le lecteur doit avoir hâte d'arriver au point le plus intéressant. Voici quel pourrait être le développement de ce début :

Jésus voyageait avec Pierre et se dirigeait vers Nazareth. Il vit sur la route un objet brillant : c'était un fer à cheval usé. Le maître dit à son disciple de le ramasser; mais celui-ci sans doute se sentait trop fatigué, la trouvaille lui semblait d'un prix médiocre et bien au-dessous de lui; peut-être même rêvait-il déjà l'empire du monde; bref, il fit comme s'il n'avait pas entendu et passa outre. Jésus, toujours bon et patient, ramassa lui-même le fer, le vendit trois deniers à un forgeron, et du prix qu'il en reçut acheta quelques cerises.

On voit que dans ce fragment les moyens d'amplification sont quelques épithètes, comme *Jésus bon et patient,* ou la peinture des causes morales des faits ou des sentiments des personnages : *Pierre se sentait trop fatigué; peut-être même rêvait-il déjà l'empire du monde,* etc.

6. Ordre des idées. — Une fois maître des idées, des images et des raisonnements qui peuvent servir au développement du sujet, il faut déterminer l'ordre qui convient le mieux à l'intérêt du récit.

Par exemple, je suppose que l'élève comprenne qu'un petit discours de Jésus à son disciple ajouterait plus d'intérêt dramatique au récit; mais où faut-il placer ce discours? Est-ce à la rencontre faite par hasard ou bien après que Pierre a été forcé de se baisser pour ramasser des cerises? Il est facile de comprendre que c'est pour ce dernier moment qu'il sera bon de conserver ce moyen d'effet. Le récit continuera donc ainsi :

Bientôt la route devint mauvaise : il fallait traverser des plaines arides, brûlées par le soleil et privées de tout ombrage. Pierre eût beaucoup donné pour un peu d'eau. Jésus, qui marchait en avant, laissa comme par mégarde tomber une cerise, puis deux, puis trois. Pierre, mourant de soif, se baissa une fois, deux fois, trois fois.

Les détails descriptifs de la campagne traversée par les voyageurs sont indispensables pour faire comprendre la soif dont Pierre est dévoré. Comme la leçon doit consister à forcer Pierre à faire plusieurs fois le mouvement qu'il a dédaigné de faire une première fois, l'insistance et la répétition des mots sont ici du meilleur effet et ont une valeur toute particulière d'expression.

La conclusion doit être courte, la leçon vive et frappante :

Le Seigneur continua ainsi pendant quelque temps à lui faire courber le dos et lui dit ensuite avec bonté : Pierre, si tu t'étais baissé quand il le fallait, tu mangerais les cerises plus à l'aise.

7. Du style. — Maître de son sujet, des idées, des images et des sentiments qu'y s'y rattachent, l'élève n'a plus qu'à se préoccuper de la forme qui convient à la matière, c'est-à-dire du style.

Dans le cas présent, il est aisé de comprendre que c'est le style le plus simple qui conviendra le mieux au récit de cette anecdote aimable et familière.

8. Division générale du cours. — En résumé, la plus simple réflexion appliquée à cet exemple très-élémentaire suffit pour fixer la division d'une étude des principes de la composition littéraire.

Cette étude doit se diviser, comme le travail ci-dessus, en trois parties qui traitent : 1° *des moyens de développement;* 2° *de l'ordre de la composition;* 3° *du style.*

Les observations élémentaires auxquelles ces différents objets donneront lieu sont les règles essentielles du style et de la composition. Ces règles résumées dans des formules très-brèves et appuyées d'exemples classiques, se trouveront justifiées et complétées dans un *Appendice* sur les différents sujets habituellement proposés à l'imagination et à la réflexion des écoliers.

LEÇON II.

PREMIÈRE PARTIE.

DES MOYENS DE DÉVELOPPEMENT.

1. DES MOYENS DE DÉVELOPPEMENT. — 2. RÈGLE GÉNÉRALE. — 3. DIVISION DE CETTE PARTIE. — 4. DES MŒURS. — 5. DE LA PROBITÉ. — 6. DE LA MODESTIE. — 7. DE LA BIENVEILLANCE. — 8. DE LA PRUDENCE. — 9. PLACE QUI CONVIENT AUX MŒURS. — 10. RÈGLES RELATIVES AUX MŒURS.

1. Des moyens de développement. — Le premier soin, quand on écrit, est de découvrir les moyens de persuader ; en effet le but de tous les ouvrages de l'esprit est de faire passer certains sentiments ou certaines opinions dans l'âme des lecteurs.

Buffon a dit avec raison :

C'est pour n'avoir pas assez réfléchi sur son objet qu'un homme d'esprit se trouve embarrassé et ne sait par où commencer à écrire; il aperçoit à la fois un grand nombre d'idées, et comme il ne les a ni comparées ni subordonnées, rien ne le détermine à préférer les unes aux autres. Pour bien écrire il faut donc posséder pleinemen son sujet ; il faut y réfléchir assez pour voir clairement l'ordre de ses pensées et en former une suite, une chaîne continue, dont chaque point représente une idée.

Ainsi une méditation patiente triomphe seule de l'apparente stérilité du sujet d'où jaillissent enfin une foule d'idées d'abord inaperçues.

2. Règle générale. — Pour trouver ce qu'on doit dire sur un sujet donné il faut avoir toujours présentes à l'esprit deux choses : 1° le sujet qu'on traite ; 2° le but qu'on se propose.

En ne perdant pas de vue son *sujet,* on écrit avec justesse, avec précision ; on dit tout ce qu'il faut, et l'on ne dit que ce qu'il faut. En songeant sans relâche au *but* vers lequel on tend, on enchaîne mieux ses idées; ainsi l'ouvrage a de l'ensemble et forme un tout régulier et complet.

3. Division de cette partie. — L'homme qui écrit ou qui parle se propose toujours de persuader; or, pour persuader il faut plaire, convaincre et toucher. Convaincre est l'essentiel, plaire est un agrément, toucher c'est vaincre.

On convainc par les *arguments*, on plaît par les *mœurs*, on touche par les *passions*.

Mais il faut commencer par plaire ; car les hommes n'écoutent volontiers que ceux qu'ils aiment, auxquels ils accordent leur confiance. Aussi c'est dans la première partie de la composition qu'on cherche à plaire ; dans la seconde on s'efforce de convaincre, la troisième a pour but de toucher; voilà pourquoi il faut étudier les moyens de développement dans cet ordre : des *mœurs*, des *arguments*, des *passions*.

Cet ordre correspond aux trois parties essentielles du discours : *exorde*, *confirmation*, *péroraison*.

4. Des mœurs. — Les MOEURS sont les qualités que manifeste l'écrivain.

Quiconque veut persuader les hommes doit commencer par captiver leur confiance par quatre qualités principales : la *probité*, la *modestie*, la *bienveillance* et la *prudence*.

5. De la probité. — La *probité* est l'amour désintéressé du bien et du juste; la probité et la bonne foi doivent éclater dans toutes nos paroles; elles seront l'âme de toute notre composition, Boileau a pris pour devise :

> Rien n'est beau que le vrai; le vrai seul est aimable.

Burrhus fait preuve de probité quand il dit :

> Burrhus pour le mensonge eut toujours trop d'horreur.
> . . . .
> Je répondrai, Madame, avec la liberté
> D'un soldat qui sait mal farder la vérité.
> Vous m'avez de César confié la jeunesse.
> Je l'avoue, et je dois m'en souvenir sans cesse.

Mais vous avais-je fait serment de le trahir,
D'en faire un empereur qui ne sût qu'obéir?
Non. . . . .

RACINE.

6. De la modestie. — La *modestie* est la disposition à cacher plutôt qu'à étaler son mérite; c'est une des séductions les plus irrésistibles; rien n'offense plus que l'orgueil.

Ainsi Monime devant Mithridate jaloux et menaçant :

Je n'ai point oublié quelle reconnaissance,
Seigneur, m'a dû ranger sous votre obéissance.
Quelque rang où jadis soient montés mes aïeux,
Leur gloire de si loin n'éblouit point mes yeux,
Je songe avec respect de combien je suis née
Au-dessous des grandeurs d'un si noble hyménée.

RACINE.

La modestie est toujours et partout une qualité essentielle; toujours et partout la suffisance et le ton avantageux déplaisent. Un honnête homme n'a ni orgueil ni bassesse; il prend d'autant plus volontiers un ton modeste qu'il se sent plus capable de remonter à son niveau.

7. De la bienveillance. — La *bienveillance* est le zèle pour le bien de nos semblables; tous les hommes sont portés à croire les discours de ceux qu'ils pensent être leurs amis.

Mithridate ne peut manquer d'être charmé du zèle de Xipharès :

J'irai; j'effacerai le crime de ma mère,
Seigneur, vous m'en voyez rougir à vos genoux;
J'ai honte de me voir si peu digne de vous;
Tout mon sang doit laver une tâche si noire;
Mais, je cherche un trépas utile à votre gloire.

8. De la prudence. — La prudence est la connaissance raisonnée du passé et du présent appliquée à la sage prévision de l'avenir.

Quelle prudence charmante et affectueuse dans ces réflexions de l'un des *deux Pigeons* :

. . . . Qu'allez-vous faire?
Voulez-vous quitter votre frère?
L'absence est le plus grand des maux,
Non pas pour vous, cruel. Au moins que les travaux,

Les dangers, les soins du voyage
Changent un peu votre courage.
Encor si la saison s'avançait davantage !
Attendez les zéphirs. Qui vous presse ? Un corbeau
Tout à l'heure annonçait malheur à quelque oiseau.

LA FONTAINE.

9. Place qui convient aux mœurs. — Bien que les qualités morales doivent se manifester dans tout ce que nous écrivons, cependant c'est au début qu'il importe surtout de faire une impression agréable. Il faut avant tout que celui qui écoute soit persuadé de la bonne foi et de la probité, de la bienveillance et de la sagesse de celui qui parle.

10. Règles relatives aux mœurs. — Toutes ces observations relatives aux mœurs peuvent être résumées dans les quatre règles suivantes :

I. *Faire preuve de probité, de modestie, de bienveillance et de prudence.*

II. *Éviter tout ce qui peut donner l'apparence de l'injustice, du mensonge, de l'égoïsme, de la vanité, de l'ignorance.*

III. *Montrer des mœurs dans toute la composition, mais surtout les manifester au début.*

IV. *Ne point proclamer nos qualités; mais faire en sorte qu'elles se peignent d'elles-mêmes dans toutes nos paroles.*

LEÇON III.

DES ARGUMENTS.

1. DES ARGUMENTS. — 2. DE L'ENTHYMÈME. — 3. DE L'ÉPICHÉRÈME. — 4. DE L'EXEMPLE. — 5. RÈGLES.

1. Des arguments. — Prouver est l'œuvre principale de l'écrivain. La preuve est donc le corps et le fonds de tout écrit et de tout discours.

L'étude des moyens de prouver comprend les *arguments* et les *lieux communs*.

Les *arguments* sont les formes diverses du raisonnement. Raisonner, c'est faire sortir de propositions connues une proposition nouvelle.

2. De l'enthymème. — Ce mot signifie en grec conception, pensée intime, c'est la forme la plus simple du raisonnement. En effet, l'enthymème ne comprend que deux propositions. La première proposition se nomme *antécédent* et la seconde *conséquent*.

Dieu accorde les vrais biens à la prière : donc il lui accorde les vertus.

L'enthymème est l'argument propre de l'orateur et du poète. Celui qui précède est de Bossuet ; Homère a dit :

Mortel, ne garde point une haine immortelle.

Toutes les discussions patriotiques de Démosthène combattant l'apathie des Athéniens sont des suites d'enthymèmes.

3. De l'épichérème. — Ce mot qui en grec signifie simplement un raisonnement désigne en français un raisonnement développé pour corriger la sécheresse et l'aridité de l'argument.

En effet, chacune des propositions de l'épichérème est accompagnée d'une preuve qui la développe et l'appuie.

Par exemple, Batteux a fait un épichérème quand il a dit :

Qui peut ne pas aimer les lettres? Ce sont elles qui enrichissent l'esprit, qui adoucissent les mœurs ; ce sont elles qui polissent et perfectionnent l'humanité. L'amour-propre et le bon sens suffisent donc pour nous les rendre précieuses et nous engager à les cultiver.

Le raisonnement rigoureux serait :

Il faut aimer ce qui nous rend plus parfait ; or les lettres nous rendent plus parfaits : donc il faut aimer les lettres.

4. De l'exemple. — C'est un raisonnement dont l'une des prémisses est un fait historique ou un fait intéressant.

Ainsi, pour encourager Josabeth à la confiance ou à la résignation, quand il s'agit de risquer la vie de Joas, Joad lui rappelle l'exemple d'Abraham :

N'êtes-vous pas ici sur la montagne sainte,
Où le père des Juifs sur son fils innocent
Leva sans murmurer un bras obéissant?

RACINE.

De même Bossuet, pour faire honte aux chrétiens de leur cruauté dans la guerre, invoque l'exemple d'un peuple païen, des Romains :

Quand la justice de la guerre était reconnue, le Sénat prenait ses mesures pour l'entreprendre, mais n'en venait aux extrémités qu'après avoir épuisé toutes les voies de la douceur. Sainte institution s'il en fut jamais et qui fait honte aux Chrétiens, à qui un Dieu venu au monde pour pacifier toutes choses, n'a pu inspirer la charité et la paix.

Cette forme de raisonnement est très-éloquente et très-populaire. Elle était fort employée par les prophètes juifs, et faisait partie de la méthode de Socrate : par exemple, veut-il prouver qu'il ne faut pas prendre au hasard les magistrats, il dit :

Autant vaudrait tirer au sort les athlètes pour le combat, le pilote pour le gouvernail.

Enfin la fable ou l'apologue n'est que le développement d'un exemple imaginé pour appuyer un principe moral.

5. Règles. — Toutes les observations qui précèdent peuvent être résumées dans les trois règles suivantes :

I. *Les preuves sont le fond même de toute composition.*

II. *Il faut leur donner toute la précision de l'enthymème quand elles sont frappantes; il faut les développer en épichérèmes quand elles prêtent à discussion.*

III. *Se défier des arguments qui peuvent être rétorqués.*

LEÇON IV.

DES LIEUX COMMUNS.

1. DES LIEUX COMMUNS. — 2. DE LA DÉFINITION. — 3. DE LA COMPARAISON. — 4. DES CIRCONSTANCES. — 5. UTILITÉ DES LIEUX COMMUNS. — 6. RÈGLES SUR LES LIEUX COMMUNS.

1. Des lieux communs. — Les *lieux communs* sont les points de vue généraux sous lesquels tous les sujets peuvent être envisagés; ce sont des sources d'où l'esprit peut tirer des arguments pour toutes les causes. Telle est l'acception rigoureuse dans laquelle il faut prendre cette expression et non comme synonyme du mot banalité, ainsi qu'on le fait quand on dit par exemple que *la description du lever du soleil* ou *l'éloge de la paix* est un lieu commun.

On distingue deux sortes de lieux : 1° *Les lieux intrinsèques* qui sont fournis par le sujet même comme la définition, les circonstances, etc.; 2° *Les lieux extrinsèques* qui sont tirés de témoignages extérieurs comme l'autorité de la loi, les titres ou les serments, etc.

Les lieux communs se ramènent à trois principaux : 1° La *définition*, 2° la *comparaison*, 3° les *circonstances*.

2. De la définition. — La *définition* consiste à tirer un argument de la nature même de la chose.

Ainsi, le vieil Horace voulant justifier son fils du meurtre de Camille et présenter ce meurtre comme la juste punition d'un crime, définit le *crime* en ces termes :

Aimer nos ennemis avec idolâtrie,
De rage en leur trépas maudire la patrie,
Souhaiter à l'état un malheur infini,
C'est ce qu'on nomme crime et ce qu'il a puni.

CORNEILLE.

De même Daguesseau voulant blâmer l'abus de l'esprit, débute par cette définition :

Qu'est-ce que cet esprit, dont tant de jeunes magistrats se flattent vainement? Penser peu, parler de tout, ne douter de rien;

n'habiter que les dehors de son âme, et ne cultiver que la superficie de son esprit; s'exprimer heureusement, avoir un tour d'imagination agréable, une conversation légère et délicate, et savoir plaire sans savoir se faire estimer; être né avec le talent équivoque d'une conception prompte, et se croire par là au-dessus de la réflexion; voler d'objets en objets sans en approfondir aucun; cueillir rapidement toutes les fleurs, et ne donner jamais aux fruits le temps de parvenir à leur maturité : c'est une faible peinture de ce qu'il plaît à notre siècle d'honorer du nom d'esprit.

3. De la comparaison. — La *comparaison* tire une conclusion du rapport entre deux idées ou deux objets.

Ce lieu commun ne doit pas être confondu avec la figure qui porte le même nom et qui ne tire du rapprochement entre les idées que plus d'effet ou plus d'éclat dans le langage.

La comparaison conduit l'esprit à conclure du plus au moins, du moins au plus, ou d'égal à égal.

Bourdaloue, voulant faire sentir combien est déraisonnable celui qui ose nier la Providence, argumente ainsi par la comparaison du moins au plus :

Il croit qu'un État ne peut être bien gouverné que par la sagesse et le conseil d'un prince; il croit qu'une maison ne peut subsister sans la vigilance et l'économie d'un père de famille; il croit qu'un vaisseau ne peut être bien conduit sans l'attention et l'habileté d'un pilote; et quand il voit ce vaisseau voguer en pleine mer, cette famille réglée, ce royaume dans l'ordre et dans la paix, il conclut sans hésiter qu'il y a un esprit, une intelligence qui y préside ; mais il prétend raisonner tout autrement à l'égard du monde entier, et il veut que, sans Providence, sans prudence, sans intelligence, par un effet du hasard, ce grand et vaste univers se maintienne dans l'ordre merveilleux où nous le voyons. N'est-ce pas aller contre ses propres lumières et contre sa raison?

4. Les circonstances. — Les *circonstances* sont le lieu, le temps, les moyens, etc., qui se rapportent à un fait donné. Elles offrent une source très-abondante de preuves.

Cicéron s'en est servi pour justifier Milon du meurtre de Clodius; il accumule les circonstances qui doivent faire présumer que son client ne méditait point un crime :

Milon était dans une voiture, enveloppé d'habits embarrassants, accompagné de sa femme et des nombreuses esclaves qui la servaient.

Racine a fait concourir toutes les circonstances de personne, de temps, de cause et d'effet dans cette admirable défense qu'Hippolyte présente de lui-même :

Examinez ma vie, et songez qui je suis.
Quelques crimes toujours précèdent les grands crimes.
Quiconque a pu franchir les bornes légitimes
Peut violer enfin les droits les plus sacrés.
Ainsi que la vertu, le crime a ses degrés....
Elevé dans le sein d'une chaste héroïne,
Je n'ai point de son sang démenti l'origine.
Pitthée, estimé sage entre tous les humains,
Daigna m'instruire encore au sortir de ses mains....

Les rhéteurs ont reconnu sept circonstances principales : la cause, le fait, le temps, le lieu, les motifs, les moyens, la manière. Elles se trouvent réunies dans la phrase qui suit :

Jean V, duc de Bretagne (*cause*) — a tué Olivier Clisson (*fait*) — au moment où il venait de jurer la paix (*temps*) — dans son propre château (*lieu*) — pour satisfaire une passion insensée (*motif*) — en abusant de la confiance du connétable (*moyen*) — et en le prenant dans un guet-apens (*manière*).

Les circonstances sont les faits accessoires qui se rattachent au fait principal, qui le précèdent, l'accompagnent ou le suivent.

Ainsi l'historien qui raconte les premiers signes de folie du malheureux Charles VI n'oublie aucune des circonstances qui accompagnent et expliquent cet accident :

On était alors au commencement du mois d'août, dans les jours les plus chauds de l'année ; le soleil étant ardent, surtout dans ce pays sablonneux. DE BARANTE.

Annibal veut établir pour ses soldats la nécessité de triompher :

A droite et à gauche, deux mers nous enferment. Pas même un esquif pour nous sauver. Autour de nous le Pô, fleuve plus large et plus rapide que le Rhône ; par derrière les Alpes nous pressent, ces Alpes que, même au début et avec nos forces tout entières, nous avons eu tant de peine à franchir. Ici, nous devons vaincre ou mourir.

TITE-LIVE.

5. Utilité des lieux communs. — Si les anciens rhéteurs ont trop vanté les lieux communs, les critiques modernes les ont trop rabaissés, les orateurs et les écrivains de nos jours n'en tiennent pas assez compte.

Les lieux communs sont des principes généraux d'où se tirent les raisonnements pour tous les genres de causes ou de discours. Il n'est pas nécessaire, chaque fois que nous avons un mot à tracer, de nous préoccuper successivement de toutes les lettres qui le composent ; de même à chaque sujet qu'il faudra traiter, nous n'aurons pas besoin de passer en revue tous les lieux qui s'y rapportent; il suffit de les avoir en réserve ; ils viendront aussitôt se présenter à nous pour servir à la question que nous avons à traiter comme les lettres, pour le mot que nous voulons écrire. Mais l'esprit ne peut tirer parti de ces lieux, s'il ne s'est formé par l'expérience et la réflexion.... Ce que je demande, ajoute Cicéron, c'est un naturel assoupli, dompté par la nature, comme un champ sur lequel on a fait passer et repasser plusieurs fois la charrue pour lui faire produire une récolte plus belle et plus abondante.

6. Règles des lieux communs. — On peut résumer ces observations en trois règles principales :

I. *La définition du sujet est un bon moyen de preuve.*

II. *La comparaison éclaire sur la nature d'un objet ou d'une personne.*

III. *Les circonstances de cause, de temps, de lieu, de moyen rendent un fait plus frappant et plus vraisemblable.*

LEÇON V.

DES PASSIONS ET DU PATHÉTIQUE.

1. DES PASSIONS. — 2. DE L'AMOUR ET DE LA HAINE. — 3. DES AUTRES PASSIONS. — 4. CONDITIONS DU PATHÉTIQUE. — 5. DES SUJETS PATHÉTIQUES. — 6. PLACE DU PATHÉTIQUE DANS LA PÉRORAISON. — 7. DE LA MESURE ET DE L'A-PROPOS. — 8. PUISSANCE DU PATHÉTIQUE. — 9. RÈGLES POUR LE PATHÉTIQUE.

1. Des passions. — Les *passions* sont ces mouvements vifs et puissants qui emportent l'âme vers un objet ou qui l'en détournent.

2. De l'amour et de la haine. — Ainsi que les mœurs plaisent, ainsi que les arguments peuvent convaincre, de même les passions servent à toucher; parce qu'elles éveillent la sympathie et que l'émotion de celui qui parle se communique naturellement à celui qui l'écoute.

L'amour et la haine sont le fond de toutes les autres passions. L'amour prend les noms divers de tendresse, respect, reconnaissance, admiration, enthousiasme, etc.; la haine s'appelle encore ressentiment, colère, vengeance, honte, mépris, crainte, etc.

L'écrivain doit inspirer l'indignation contre l'ingratitude, l'horreur contre la cruauté, la compassion pour la misère, l'amour pour la vertu.

La Fontaine éveille l'amour du calme des champs quand il dit :

Je voudrais inspirer l'amour de la retraite;
Elle offre à ses amants des biens sans embarras,
Biens purs, présents du ciel qui naissent sous les pas.
Solitude où je trouve une douceur secrète,
Lieux que j'aimai toujours, ne pourrai-je jamais,
Loin du monde et du bruit, goûter l'ombre et le frais!
Oh! qui m'arrêtera sous vos sombres asiles!

3. Des autres passions. — Pour les passions accessoires, les grands écrivains offrent les modèles achevés de la façon dont elles peuvent être excitées.

Fénelon exprime dans des termes pleins de charme la *joie* de Télémaque retrouvant Mentor :

Je courais vers lui, tout transporté, jusqu'à perdre la respiration ; il m'attendait tranquillement sans faire un pas vers moi. O dieux, vous le savez, quelle fut ma joie quand je sentis que mes mains le touchaient ! Non, ce n'est pas une vaine ombre ! je le tiens ! je l'embrasse, mon cher Mentor ! C'est ainsi que je m'écriai. J'arrosais son visage d'un torrent de larmes ; je demeurais attaché à son cou sans pouvoir parler.

La *douleur* de Phérécyde qui vient de perdre son cher Hippias n'est pas moins touchante :

O cher enfant que j'ai nourri et qui m'as coûté tant de soins, je ne te verrai plus ; mais je verrai ta mère, qui mourra de tristesse en me reprochant ta mort ; je verrai ta jeune épouse frappant sa poitrine, arrachant ses cheveux ; et j'en serai cause ! O chère ombre, appelle-moi sur les rives du Styx ; la lumière m'est odieuse : c'est toi seul, mon cher Hippias, que je veux revoir. Hippias ! Hippias ! ô mon cher Hippias ! je ne vis encore que pour rendre à tes cendres le dernier devoir.

4. Conditions du pathétique. — Mais plus l'emploi des passions est un moyen énergique et d'un effet irrésistible, plus il réclame de délicatesse, de mesure et de goût.

La première condition, c'est que l'émotion passe de l'âme de l'écrivain dans l'âme du lecteur ; Boileau a fort bien dit :

Pour me tirer des pleurs il faut que vous pleuriez.

Celui-là seul peut exciter les passions qui les éprouve en lui-même, soit par un sentiment réel et profond, soit par une imagination vive qui dans les arts supplée au sentiment.

5. Des sujets pathétiques. — Avant tout, il faut s'assurer dans quelle mesure le sujet comporte le pathétique : appliquer les grands mouvements aux petites affaires, ce serait mettre le masque et le cothurne d'Hercule à un enfant.

Racine a donné l'exemple du ridicule qui s'attache à

cette maladresse dans son plaidoyer de l'Intimé qui, à propos d'un chapon volé par un chien, multiplie les mouvements et les passions oratoires :

Qu'arrive-t-il, messieurs? On vient. Comment vient-on?
On poursuit ma partie ; on force une maison.
Quelle maison ? Maison de notre propre juge.
On brise le cellier qui nous sert de refuge ;
De vol, de brigandage on nous déclare auteurs,
On nous traîne, on nous livre à nos accusateurs.

6. Règles pour le pathétique. — Ces remarques et ces exemples divers peuvent être résumés en trois règles :

I. *Ne faire appel aux passions que dans les sujets qui le comportent.*

II. *Réserver, en général, cet effet pour la fin de la composition.*

III. *Éviter, dans l'emploi du pathétique, le trop qui expose au ridicule, le trop peu qui dégénère en sécheresse.*

LEÇON VI.

DEUXIÈME PARTIE.

DE L'ORDRE DANS LA COMPOSITION.

1. OBJET DE LA DEUXIÈME PARTIE. — 2. UNITÉ DU SUJET. — 3. DES PARTIES DE LA COMPOSITION. — 4. UTILITÉ DE CETTE ÉTUDE. — 5. RÈGLES.

1. Objet de la deuxième partie. — La deuxième partie de l'art d'écrire donne les règles pour ranger les éléments fournis par la réflexion, c'est-à-dire les mœurs, les arguments et les passions, dans l'ordre le plus propre à persuader.

Il faut avoir tout vu, tout pénétré, tout embrassé pour savoir trouver la place précise de chaque chose.

Il ne s'agit pas tant de montrer beaucoup de choses que de les montrer avec ordre, c'est-à-dire de la façon la mieux appropriée à la nature du sujet et la plus efficace pour produire l'intérêt. Avant d'écrire, il faut donc ordonner ses idées et se tracer un plan général.

C'est faute de plan, c'est pour n'avoir pas assez réfléchi sur son sujet qu'un homme d'esprit se trouve embarrassé et ne sait par où commencer à écrire : il aperçoit à la fois un grand nombre d'idées, et comme il ne les a ni comparées ni subordonnées, rien ne le détermine à préférer les unes aux autres. BUFFON.

2. Unité du sujet. — Toute œuvre doit être *une*, c'est-à-dire former un ensemble complet. Les différentes parties qui la composent concourront à cet ensemble, de même que les différents membres du corps constituent son ensemble et son unité. Buffon a eu raison de dire :

Toute production de la nature est une, et partout elle nous présente la variété dans l'unité.

Ainsi l'ordre résultant de l'unité dans la variété, la première qualité qui importe à toute composition, c'est l'unité. Il n'y a pas de sujet, si vaste et si compliqué qu'il paraisse, qui ne puisse se résumer dans une phrase, dans un mot qui en est le sommaire et en exprime toute la pensée.

A cet effet et avant tout, on se demandera quelle est la proposition qui exprimerait le mieux le fond du sujet; puis, cette proposition on la conservera sans cesse présente à la mémoire pour y rapporter toutes les autres, et pour rejeter toutes les pensées qui ne s'y rattachent pas par un lien naturel :

Il faut que chaque chose y soit mise en son lieu;
Que le début, la fin répondent au milieu;
Que d'un art délicat les pièces assorties,
N'y forment qu'un seul tout de diverses parties.

BOILEAU.

3. Des trois parties de la composition. — Dans toute composition il y a deux parties essentielles : d'abord annoncer le sujet, puis donner les preuves; c'est, disent les géomètres, le problème et la démonstration.

Plus exactement encore, on divise toute composition en

trois parties : 1° l'introduction ou exorde ; 2° le développement ou confirmation ; 3° la conclusion ou péroraison.

Ces différentes parties sont bien dans la nature ; elles se succèdent si logiquement que Geruzez a eu raison de nous conserver avec une piété touchante cette charmante observation de son père :

Un enfant a-t-il quelque chose à demander à ses parents, il les abordera d'un air gracieux et soumis ; il leur adressera quelque parole agréable et flatteuse ; il s'informera de leur santé. Après cet *exorde*, il demandera un congé, une promenade, une exemption de travail. Pour peu qu'on hésite, il fera valoir sa bonne conduite, son travail, ses succès ; il promettra de redoubler de diligence, telle sera sa *confirmation*. Enfin, si l'on paraît indécis, il rassemblera ses raisons dans une *péroraison*. Il leur donnera plus de force par ses caresses et par ses larmes. il suivra la même marche que l'orateur, parce que cette marche est dans la nature.

4. Utilité de cette étude. — La disposition accomplit une œuvre moins brillante que celle de l'invention. Il ne s'agit plus pour l'esprit de déployer la vivacité des sentiments, la grâce des mœurs, la fécondité de l'imagination dans la recherche des preuves ; la disposition des parties ne réclame plus, ni la pénétration du jugement pour l'argumentation, ni l'ardeur des passions en vue de toucher les âmes auxquelles on s'adresse. Mais il s'agit d'une œuvre non moins sérieuse et non moins utile, car toutes les richesses accumulées par l'invention sont un bien stérile sans l'ordre et la réflexion. C'est ce que voulait faire entendre Ménandre et, depuis lui, Racine, quand, après avoir arrêté le plan d'une de ses pièces, il s'écriait : « Ma comédie est achevée, je n'ai plus que les vers à faire. » C'est ce que Buffon exprimait, quand, à la suite du tableau des perplexités auxquelles le manque de disposition condamne un auteur, il ajoutait :

Mais lorsqu'il se sera fait un plan, lorsqu'une fois il aura rassemblé et mis en ordre toutes les pensées essentielles à son sujet, il sentira aisément le point de maturité de la production de l'esprit ; il sera pressé de la faire éclore ; les idées se succéderont sans peine et le style sera naturel et facile.

5. Règles. — En résumé, toutes les observations générales relatives à l'ordre des parties, peuvent être condensées dans les quatre règles suivantes :

I. *Se rappeler que l'ordre fait la beauté de toutes choses, et que rien de désordonné ne peut être ni beau ni bon.*

II. *Assurer avant tout l'unité de sa composition, en résumant pour soi-même son opinion en une proposition qu'on gardera toujours présente à l'esprit.*

III. *Expliquer aussi vite que possible son sujet et son but.*

IV. *Les trois parties essentielles de toute composition sont l'introduction ou exorde, le développement ou confirmation, la conclusion ou péroraison.*

LEÇON VII.

DE L'INTRODUCTION OU EXORDE.

1. DE L'EXORDE. — 2. SON BUT ET SES MOYENS. — 3. DE LA BIENVEILLANCE. — 4. DE L'ATTENTION. — 5. DE L'INTÉRÊT. — 6. SOURCES DE L'EXORDE. — 7. STYLE DE L'EXORDE. — 8. RÈGLES DE L'EXORDE.

1. De l'introduction ou exorde. — L'*exorde* est, d'après l'étymologie latine du mot, le commencement, le début.

Dès les premiers mots, celui qui écrit ou qui parle doit s'emparer de l'esprit de son auteur ou de son auditeur. L'exorde est comme un sommaire, une idée générale, une recommandation du discours; il doit donc charmer dès l'abord et séduire l'auditeur ou le lecteur.

2. Son but et ses moyens. — L'introduction a pour but, disent les rhéteurs, de rendre l'auditeur *bienveillant*, *attentif* et *docile*, c'est-à-dire de le porter à la sympathie, de le rendre curieux de connaître ce qui va lui être dit, et capable de s'éclairer en le comprenant. Ces dispositions du lecteur ou de l'auditeur peuvent être représentées par les mots *bienveillance*, *attention* et *intérêt*.

3. De la bienveillance. — La *bienveillance* est provoquée par la bienveillance et par la modestie : la bienveillance porte un caractère de candeur qui ouvre le chemin à la persuasion ; la modestie n'est pas la timidité. Le meilleur exemple d'une alliance heureuse de ces deux vertus est celui de Démosthène, disant avec une sage hardiesse et une touchante probité à ses concitoyens : « Athéniens, je voudrais bien vous plaire, mais j'aime mieux vous sauver. » La passion du bien et de la justice est la seule qu'il convient de témoigner pour mériter la bienveillance.

Le sentiment de sympathie qu'il faut marquer au début peut aller jusqu'à l'éloge de l'auditeur; mais cette louange même doit être maniée avec beaucoup d'art et de circonspection. Excepté les sots, personne aujourd'hui n'est plus disposé à souffrir les compliments lourds, maladroits ; c'est le pavé de l'ours. L'écrivain ou l'orateur se déshonorerait sans profit, à dire :

Devant le grand Dandin l'innocence est hardie ;
Oui, devant ce Caton de basse Normandie.
Ce soleil d'équité qui n'est jamais terni.
Victrix causa diis placuit, sed victa Catoni.

4. De l'attention. — L'*attention* est éveillée par l'intérêt que peut provoquer le sujet. Plus ce sujet est élevé et général, plus l'esprit de ceux auxquels nous nous adressons sera disposé à bien accueillir nos paroles. La prudence, c'est-à-dire le savoir, les lumières, le talent, servent encore à provoquer et à soutenir l'attention.

5. De l'intérêt. — L'*intérêt* est une disposition sympathique résultant du concours de la bienveillance et de l'attention du lecteur.

Qui ne porterait un intérêt sérieux à l'œuvre d'un homme à la fois modeste et éclairé? Ovide a laissé le tableau du contraste entre l'attitude d'un orateur habile et celle d'un imprudent qui néglige de provoquer la bienveillance et l'intérêt :

Impatient et fougueux, Ajax regarde d'un œil farouche le rivage de Sigée et la flotte des Grecs ; ensuite levant les mains il s'écrie : Grands Dieux ! C'est à la vue de la flotte que nous parlons et c'est Ulysse qu'on m'oppose ! Cependant il n'a pas rougi de fuir devant les flammes que lançait Hector ; et moi je les ai bravées, je les ai repoussées loin des vaisseaux !

Comme cette présomption et cette insolence doivent aliéner les esprits, surtout quand Ajax a pour adversaire un homme qui par ses mœurs gagne toutes les sympathies. Voici le portrait d'Ulysse :

Il se lève et après avoir tenu quelque temps les yeux fixés à terre, il les porte sur les chefs avides de l'entendre ; il parle et la grâce vient embellir son éloquence : « O Grecs, si vos vœux et les miens avaient été exaucés, l'héritier de ces armes ne serait pas incertain ; tu les posséderais, Achille, et nous te posséderions encore ! »

Ulysse réunit ici toutes les qualités qui intéressent et séduisent : modération, oubli de soi-même, piété, dévouement à la cause commune, regrets pour celui dont on pleure la perte, tout contribue à lui gagner les esprits.

6. Sources de l'exorde. — L'écueil de l'exorde est de retarder trop longtemps l'entrée en matière. Il ne faut pas se tourner et se retourner dans tous les sens comme un voyageur qui ne connaît pas sa route; car l'exorde ne commence qu'au moment où celui auquel nous nous adressons saisit l'objet et le dessein que nous poursuivons.

C'est donc au sujet même qu'il faut emprunter les idées de l'exorde puisqu'il est fait pour y préparer, autrement il ne serait plus qu'un hors-d'œuvre.

Ce ridicule trop fréquent a été raillé par Racine, lorsque, au IIIe acte de sa comédie des *Plaideurs*, il introduit deux prétendus avocats qui à propos d'un chapon dérobé par un chien débutent par ces phrases vides :

Messieurs, quand je regarde avec exactitude,
L'inconstance du monde et sa vicissitude ;
Lorsque je vois parmi tant d'hommes différents
Pas une étoile fixe et tant d'astres errants :

ou bien :

Avant donc
La naissance du monde et sa création,
Le monde, l'univers, tout, la nature entière
Était ensevelie au fond de la matière....

Prenons garde qu'on ne nous dise comme à l'Intimé :

Avocat ! Ah ! passons au déluge !

7. Du style de l'exorde. — La qualité propre du style qui convient à l'exorde c'est la simplicité.

Rien dans la nature, dit Cicéron, rien en naissant ne se déploie tout entier, rien ne prend du premier coup son essor.

Boileau a commenté heureusement cet excellent précepte:

Que le début soit simple et n'ait rien d'affecté.
N'allez pas dès l'abord, sur Pégase monté,
Crier à vos lecteurs d'une voix de tonnerre:
Je chante le vainqueur des vainqueurs de la terre.
Que produira l'auteur après tous ces grands cris ?
La montagne en travail enfante une souris.
Oh ! que j'aime bien mieux cet auteur plein d'adresse
Qui, sans faire d'abord de si haute promesse,
Me dit d'un ton aisé, doux, simple, harmonieux:
Je chante les combats et cet homme pieux
Qui des bords Phrygiens conduit dans l'Ausonie,
Aborda le premier les champs de Lavinie.
Sa muse en arrivant ne met pas tout en feu,
Et pour donner beaucoup ne nous promet que peu.

8. Règles de l'exorde. — Toutes ces observations de détail peuvent être résumées dans quatre règles pratiques :

I. *Apporter le plus grand soin à l'introduction de laquelle dépend le succès de l'œuvre tout entière.*

II. *Y montrer des mœurs, c'est-à-dire bienveillance, modestie, probité et prudence.*

III. *Éviter les longs préambules étrangers au sujet.*

IV. *Tirer son introduction du fond même de la question, en évitant de déflorer son sujet, et d'anticiper sur la suite de manière à enlever aux détails l'intérêt de la nouveauté.*

V. *Le style de toute introduction doit être simple.*

LEÇON VIII.

DE LA CONFIRMATION OU DÉVELOPPEMENT.

1. OBJET DE LA CONFIRMATION. — 2. RECHERCHE DES PREUVES. — 3. CHOIX DES PREUVES. — 4. MANIÈRE DE TRAITER LES PREUVES. — 5. LIAISON DES PREUVES. — 6. RÈGLES DE LA CONFIRMATION.

1. De la confirmation. — Lorsqu'il s'est agi de la recherche et de la découverte des moyens de convaincre; à l'étude des *Mœurs*, a succédé l'étude des *Arguments*, ou preuves; de même, après les règles de l'*exorde* ou *introduction* doivent venir les règles de la *confirmation* ou *développement.*

La *confirmation* est la partie de la composition qui prouve la vérité avancée.

Ainsi Bossuet, après avoir proposé son sujet en ces termes : « Ce discours vous fera paraître un de ces exemples redoutables qui étalent aux yeux du monde sa vanité tout entière, » présente un admirable portrait moral, qui est déjà le début de sa confirmation, puisque toutes les qualités et les vertus de la reine d'Angleterre n'ont pu la préserver de ces coups terribles par lesquels s'accomplissent les décrets de Dieu sur les rois et sur les nations[1].

2. De la recherche des preuves. — Les preuves sont les manières d'établir la vérité de la proposition avancée. Elles doivent sortir du sujet même : la meilleure manière de les trouver est donc la méditation sérieuse du sujet. Quand on a tout examiné, tout vu, tout prévu, les raisons se présentent d'elles-mêmes. Mais il est un art de méditer un sujet, un art de voir et de prévoir; cet art consiste dans l'emploi des lieux communs. En effet, ce sont comme

1. Voir *Morceaux choisis*, 2e année, page 103.

autant de questions que l'esprit se pose à propos de son sujet, se demandant par exemple quelle *définition* il pourrait faire, ce que produiraient les *circonstances*, quel effet il pourrait attendre de la *comparaison*. En suivant cette voie modeste dans la recherche des sources de développement, on sera sûr de n'avoir omis aucun des aspects sous lesquels un sujet peut être envisagé.

3. Du choix des preuves. — Le travail méthodique de la méditation d'un sujet peut produire des fruits très-abondants; il arrive souvent que les preuves se présentent en foule à l'esprit ; il faut alors savoir choisir :

Pour moi, dit Cicéron, quand je choisis mes preuves, je m'occupe moins de les compter que de les peser.... Rassembler un trop grand nombre de raisons frivoles et vulgaires, c'est donner lieu de penser qu'on n'en a point de fortes et de frappantes.

Par exemple, quel argument plus accessible à l'imagination d'un peuple exposé à la famine que l'apologue des membres et de l'estomac[1]. — Évoquer devant Achille le souvenir de son père afin de lui faire prendre en pitié les douleurs paternelles du vieux Priam, quel admirable appel aux sentiments les plus naturels du cœur humain[2].

4. Ordre des preuves. — La meilleure manière de ranger les preuves, c'est sans doute celle qui fait pénétrer la lumière et la conviction dans l'âme du lecteur par un progrès et une gradation suivis; il faut, dit Cicéron, que le discours aille en croissant.

La faute la plus grave dans la disposition des preuves, ce serait de les ranger en déclinant, et de finir par de minces et faibles raisons après avoir débuté par les plus fortes. L'attention a besoin d'un aliment continuel; on pourrait la comparer au feu qui s'éteint, s'il ne s'augmente.

5. Manière de traiter les preuves. — Plus les arguments sont puissants par eux-mêmes, moins ils ont besoin du secours des images et des ornements du style. La Bruyère

1. Voir *Morceaux choisis*, 2e année, page 65.
2. Voir *Morceaux choisis*, 2e année, page 5.

a écrit avec raison : « Amas d'épithètes, mauvaises louanges, » et le bon sens de nos pères disait dans un langage tout familier, mais fort expressif : « A bon vin, pas d'enseigne. »

La seule précaution à prendre est de bien séparer les bonnes preuves les unes des autres, de les montrer séparément, de peur qu'elles ne soient perdues dans la foule. Au contraire les raisons les plus faibles doivent être réunies et entassées afin qu'elles se prêtent un mutuel secours et empruntent la force à leur union et à leur masse.

6. Liaison des preuves. — Quelle que soit la nature et la valeur des preuves, elles doivent être unies entre elles de telle sorte qu'elles ne forment qu'un corps. Si elles naissent les unes des autres; elles conduiront l'esprit par degrés jusqu'au but : c'est par l'habileté des transitions que se réalise cette unité de la composition qui est une qualité indispensable pour tenir en éveil l'attention et l'intérêt du lecteur.

7. Règles de la confirmation. — Toutes les observations relatives à l'emploi des preuves se résument dans les trois règles qui suivent :

I. *Pour chercher les preuves, passer en revue les différents lieux communs et en essayer l'application.*

II. *Dans le choix des arguments, songer moins à leur nombre qu'à leur valeur.*

III. *L'ordre le meilleur pour les preuves est l'ordre de gradation croissante.*

LEÇON IX.

DE L'AMPLIFICATION.

1. OBJET DE L'AMPLIFICATION. — 2. USAGE DE L'AMPLIFICATION. — 3. SOURCES DE DÉVELOPPEMENTS. — 4. RÈGLES DE L'AMPLIFICATION.

1. Objet de l'amplification. — La confirmation par l'exposé clair et précis des preuves ne suffit pas toujours dans tous les sujets et pour tous les esprits. Il est souvent nécessaire d'appuyer sur les arguments et de les développer afin d'en faire mieux sentir le poids et d'en tirer tout l'avantage ; c'est l'objet de l'*amplification*.

Par exemple dans *Polyeucte*, Sévère fait cet éloge des chrétiens :

Ils font des vœux pour nous qui les persécutons.

CORNEILLE.

Esther qui veut attendrir Assuérus développe cette idée dans une admirable amplification :

Adorant dans leurs fers le Dieu qui les châtie,
Tandis que votre main, sur eux appesantie,
A leurs persécuteurs les livrait sans secours,
Ils conjuraient ce Dieu de veiller sur vos jours,
De rompre des méchants les trames criminelles,
De mettre votre trône à l'ombre de ses ailes.

RACINE.

Cet exemple marque bien la différence entre la simple confirmation et l'amplification.

2. Usage de l'amplification. — C'est une grave erreur de croire que l'amplification tire sa force de la multitude de paroles ; elle la doit au choix et à la gradation des moyens et des détails.

Si l'amplification étend le sujet, ce n'est pas dans un autre but que de faire une impression plus vive, en augmentant l'idée de la chose qui est en question. Dire tout ce qu'on doit, tout ce qu'on peut dire, en vue de la persuasion, c'est amplifier, dans le bon sens du mot.

Aussi les poëtes dramatiques ont-ils souvent recours à ce moyen d'agir sur le spectateur qu'ils cherchent à convaincre et à toucher. Corneille veut prouver l'énormité du crime de Cinna, en faisant le tableau de l'ingratitude qui égare son protégé. Auguste développe dans une amplification cet argument, qu'il a été le bienfaiteur de Cinna :

Je te fis prisonnier pour te combler de biens,
Ma cour fut ta prison, mes faveurs tes liens :
Je te restituai d'abord ton patrimoine,
Je t'enrichis après des dépouilles d'Antoine,
Et tu sais que depuis, à chaque occasion,
Je suis tombé pour toi dans la profusion :
Toutes les dignités que tu m'as demandées
Je te les ai sur l'heure et sans peine accordées ;
Je t'ai préféré même à ceux dont les parents
Ont jadis dans mon camp tenu les premiers rangs,
A ceux qui de leur sang m'ont acheté l'empire
Et qui m'ont conservé le jour que je respire ;
De la façon enfin qu'avec toi j'ai vécu
Les vainqueurs sont jaloux du bonheur du vaincu.

Le même moyen d'appeler l'attention et de provoquer l'intérêt a été employé par Bossuet dans l'oraison funèbre d'Henriette de France, reine d'Angleterre :

Vous verrez dans une seule vie toutes les extrémités des choses humaines : la félicité sans bornes aussi bien que les misères ; une longue et paisible jouissance d'une des plus nobles couronnes de l'univers ; tout ce que peuvent donner de plus glorieux la naissance et la grandeur accumulé sur une tête, qui ensuite est exposée à tous les outrages de la fortune ; la bonne cause d'abord suivie de bons succès, et depuis, des retours soudains, des changements inouïs, la rébellion longtemps retenue, à la fin tout à fait maîtresse ; nul frein à la licence ; les lois abolies ; la majesté violée par des attentats jusqu'alors inconnus ; l'usurpation et la tyrannie sous le nom de liberté.

3. **Sources de développements.** — Les moyens d'amplification sont très-nombreux et très-divers. Les plus simples sont presque toujours les meilleurs ; on peut les ramener à sept principaux :

1° Les *épithètes*, c'est-à-dire les adjectifs indiquant la qualité appropriée à la circonstance ou à l'action. — Dans le morceau de Bossuet, cité plus haut, les adjectifs : *longue et paisible ; nobles*, *glorieux*, servent à l'amplification parce qu'ils rendent plus vif le contraste marqué par les mots *misères*, *outrages*, etc.

2° La *périphrase* en remplaçant un mot par une proposition arrête l'esprit sur une idée. — Ainsi Bossuet, au lieu de dire le *gouvernement de l'Angleterre*, frappe l'imagination par la périphrase : *une longue et paisible jouissance d'une des plus nobles couronnes de l'univers*.

3° La *répétition* reproduit l'idée avec le mot. — Dans la suite des invectives contre Cinna, Corneille fait employer par Auguste cette heureuse répétition :

Tu t'en souviens, *Cinna* ; tant d'heur et tant de gloire
Ne peuvent pas sitôt sortir de ta mémoire ;
Mais, ce qu'on ne pourrait jamais imaginer,
Cinna, tu t'en souviens, et veux m'assassiner.

4° Le *redoublement d'idées* emploie deux formes différentes pour une même pensée. — Ainsi Molière, après avoir exprimé une idée morale sous sa forme simple et directe, la redouble plusieurs fois, sous des formes figurées. Il s'agit de poursuivre l'hypocrisie ou la dévotion apparente et fausse ; c'est d'abord :

Eh quoi ! vous ne ferez nulle distinction
Entre l'hypocrisie et la dévotion ;

puis :

Vous voulez les traiter d'un semblable langage ;

et encore :

Rendre le même honneur au masque qu'au visage.

5° L'*apposition*, qui met un substantif comme qualificatif à un autre substantif, est une forme particulière du redoublement d'idées. Ainsi Louis Racine, dans son poëme de la Religion, à propos des preuves de l'existence de Dieu, adresse au soleil cette apostrophe où l'on remarque deux appositions :

Toi qu'annonce l'aurore, *admirable flambeau*,
Astre toujours le même, astre toujours nouveau,
Par quel ordre, ô soleil, viens-tu du sein de l'onde
Nous rendre les rayons de ta clarté féconde ?

6° L'*incise* ou la parenthèse est une proposition qui s'introduit dans une autre proposition pour la rendre plus pleine en ajoutant une idée nouvelle. Les compositions familières sont celles qui admettent le plus volontiers ce mode de développement. La Fontaine en offre un charmant exemple dans ce passage de la fable : *Le Savetier et le Financier :*

Eh bien ! que gagnez-vous, dites-moi, par journée?
— Tantôt plus, tantôt moins ; le mal est que toujours,
Et sans cela nos gains seraient assez honnêtes,
Le mal est que dans l'an s'entremêlent des jours
    Qu'il faut chômer ; *on nous ruine en fêtes ;*
L'une fait tort à l'autre ; et monsieur le curé
De quelque nouveau saint charge toujours son prône[1].

Parmi les *lieux communs*[2] d'où les développements se tirent il faut citer le lieu des *circonstances* dont les principales sont : le moyen ou l'instrument :

Et ceux qui *de leur sang* m'ont acheté l'empire ;

la manière :

Je te les ai sur l'heure et *sans peine* accordées ;

les sentiments :

De la façon enfin qu'avec toi j'ai vécu,
Les vainqueurs sont jaloux du bonheur du vaincu ;

le temps :

Je te restituai *d'abord* ton patrimoine ;
Je t'enrichis *après* des dépouilles d'Antoine,
Et tu sais que, *depuis*, *à chaque occasion,*
Je suis tombé pour toi dans la profusion ;

le lieu :

Ma cour fut ta prison ;

la cause :

Je te fis prisonnier, *pour te combler de biens !*

4. Règles de l'amplification. — En résumé, voici les trois règles pratiques dans lesquelles peuvent se résumer toutes les observations qui précèdent :

I. *N'amplifier que les idées vraiment essentielles et importantes du sujet.*

1. Voir *Morceaux choisis*, 3e année, page 233

2. Voir Leçon IV, page 12.

II. *Employer pour l'amplification les épithètes, les périphrases, les répétitions, le redoublement d'idées, l'apposition, l'incise, la comparaison, etc.*

III. *Indiquer les circonstances de moyen, de manière, de temps, de lieu, de cause, etc.*

LEÇON X.

DE LA PÉRORAISON OU CONCLUSION.

1. OBJET DE LA PÉRORAISON. — 2. EMPLOI DES PASSIONS. — 3. DE LA SIMPLE CONCLUSION. — 4. STYLE DE LA PÉRORAISON. — 5. UTILITÉ DE LA PÉRORAISON. — 6. RÈGLES DE LA PÉRORAISON.

1. Objet de la péroraison. — La *péroraison* est la conclusion du discours ou du récit. Elle a pour objet propre de frapper un dernier coup, d'agir une dernière fois sur l'esprit et l'imagination du lecteur.

Il est très-important de bien choisir le moment où l'on termine : le difficile n'est pas tant de trouver des paroles, que de savoir quand on ne doit plus s'en servir.

Toute conclusion se propose un double but : 1° achever de convaincre ; 2° toucher, en excitant dans l'âme les émotions qui conviennent au sujet.

2. Emploi des passions[1]. — La péroraison se rapporte aux passions qu'il s'agit d'éveiller et d'exciter d'une manière vive. Débuter par le pathétique ce serait un danger, parce que l'emploi de ce moyen suppose entre l'orateur et les auditeurs une certaine sympathie, une certaine communauté de goûts et d'affections, et il est bien difficile que l'orateur remue profondément les âmes avant d'avoir sondé et éprouvé son auditoire. Quintilien dit :

Réservez pour la péroraison les plus vives émotions de l'âme ; c'est

1. Voir Leçon V, page 16.

alors ou jamais qu'il nous est permis d'ouvrir toutes les sources de l'éloquence, de déployer toutes nos voiles. Il en est d'une composition oratoire comme d'une tragédie, c'est surtout au dénoûment qu'il faut émouvoir le spectateur.

Le sentiment de deuil et de regret, l'admiration pour une noble existence mise au service de la gloire de la France, telles sont les passions que Bossuet cherche à exciter dans l'admirable péroraison de l'éloge funèbre du prince de Condé[1]. L'orateur, avec une habileté consommée, mêle la récapitulation des preuves à l'expression la plus vive et la plus touchante des passions ; c'est le comble de l'art :

Jetez les yeux de toutes parts ; voilà tout ce qu'a pu la magnificence et la piété pour honorer un héros....

Pleurez donc sur ces faibles restes de la vie humaine, pleurez sur cette triste immortalité que nous donnons aux héros ; mais approchez en particulier, ô vous qui courez avec tant d'ardeur dans la carrière de la gloire, âmes guerrières et intrépides ! Quel autre fut plus digne de vous commander ? Mais dans quel autre avez-vous trouvé le commandement plus honnête ? Pleurez donc ce grand capitaine, et dites en gémissant : « Voilà celui qui nous menait dans les hasards ! Sous lui se sont formés tant de renommés capitaines que ses exemples ont élevés aux premiers honneurs de la guerre !...

Enfin il faut citer comme le modèle des péroraisons pathétiques ce cri arraché à l'âme charitable de saint Vincent de Paul par le spectacle des misères auxquelles étaient condamnés les enfants trouvés. Cette éloquence spontanée du cœur était assurée de trouver un écho dans la sympathie des âmes chrétiennes ; aussi le triomphe de la nature sur l'art le plus habile, ce fut le succès qui répondit à ce généreux appel ; saint Vincent de Paul le fit entendre à un auditoire composé de dames de la cour et au même instant l'hôpital des Enfants trouvés fut fondé et doté de quarante mille livres de rente. Voici les paroles énergiques et simples prononcées par le généreux apôtre, en même temps qu'il montrait à son pieux auditoire les orphelins qu'il avait recueillis :

Or sus, Mesdames, la compassion et la charité vous ont fait adopter ces petites créatures pour vos enfants. Vous avez été leurs mères se-

1. Voir *Morceaux choisis*, 3e année, page 169.

lon la grâce, depuis que leurs mères selon la nature les ont abandonnés. Voyez maintenant si vous voulez aussi les abandonner pour toujours. Cessez à présent d'être leurs mères pour devenir leurs juges; leur vie et leur mort sont entre vos mains. Je m'en vais prendre les voix et les suffrages. Il est temps de prononcer leur arrêt, et de savoir si vous ne voulez plus avoir de miséricorde pour eux. Les voilà devant vous! Ils vivront si vous continuez d'en prendre un soin charitable; et, je vous le déclare devant Dieu, ils seront tous morts demain si vous les délaissez.

3. De la simple conclusion. — Mais il est hors de doute que tous les sujets ne comportent pas ce déploiement extraordinaire de sensibilité et qu'il se rencontre bien des cas dans lesquels l'appel très-vif aux passions serait ridicule; alors, il suffit de reprendre sommairement les preuves et de les grouper dans un résumé vif et puissant qui forme une simple conclusion.

4. Style de la péroraison. — Mais si modeste que soit cette récapitulation, elle doit être écrite d'un style plus expressif et plus frappant que le reste de l'exposition. Il faut toujours se préoccuper de faire sur l'esprit une impression finale plus marquée et de laisser un souvenir qui puisse être durable.

En conséquence, les expressions les plus frappantes, les tours de phrase les plus énergiques, les figures les plus passionnées conviennent à ce dernier effort de l'âme sur l'âme.

5. Utilité de la péroraison. — L'avantage de la péroraison est surtout de produire un grand effet, comme complément et couronnement de tout le travail qui précède.

Sans doute, dit Andrieux, la première impression est importante, parce qu'elle prépare favorablement l'esprit du lecteur; mais la dernière impression l'est davantage, puisqu'elle doit décider, puisqu'elle persiste, surtout si elle a été vive et profonde.

D'ailleurs le rapport est étroit entre l'exorde et la péroraison. L'analogie est la même que celle qui rapproche les mœurs des passions, et l'action de plaire de l'action de toucher.

6. Règles de la péroraison.— Autant que le comporte un sujet aussi difficile que l'appel aux passions, les remarques relatives à la péroraison ou conclusion peuvent être résumées dans les quatre règles qui suivent:

I. *La péroraison doit comprendre le résumé des développements de la confirmation, et de plus, des mouvements capables d'exciter l'émotion.*

II. *L'appel aux passions doit être subordonné à la nature du sujet.*

III. *Il faut éviter avec soin le ridicule que provoque l'emploi déplacé des émotions.*

IV. *Le style de la péroraison doit être vif, il comporte les expressions et les figures les plus passionnées.*

LEÇON XI.

TROISIÈME PARTIE.

DU STYLE. — OBSERVATIONS GÉNÉRALES SUR LES MOTS. — DES SYNONYMES ET DES ÉQUIVALENTS.

1. DU STYLE. — 2. DIVISION DU SUJET. — 3. OBJET ET UTILITÉ DES OBSERVATIONS GÉNÉRALES. — 4. DES SYNONYMES. — 5. DES ÉQUIVALENTS.

1. Du style. — Le *style* est la manière d'écrire, c'est-à-dire le ton et la tournure que l'on donne aux choses que l'on dit.

Les idées trouvées par l'esprit, mises en ordre d'après les règles de la disposition, ont besoin d'être exprimées de la façon qui convient le mieux au but que l'on poursuit.

Les règles à suivre pour le style, c'est-à-dire dans

l'expression des idées et des sentiments, sont d'une importance capitale, car les choses qu'on dit frappent moins que la manière dont on les dit.

Il ne faut pas s'imaginer qu'on ait souvent des choses nouvelles à mettre en lumière; c'est une illusion des ignorants et des sots de croire que ce qu'ils ont à dire n'a été ni dit, ni pensé par personne avant eux. Les hommes ont tous à peu près les mêmes idées sur les choses qui sont à la portée de tout le monde, et qui par suite font l'objet habituel de nos écrits et de nos discours; toute la différence est dans l'expression ou dans le style. Le style approprie les choses les plus communes, fortifie les plus faibles, donne de la grandeur aux plus simples.

2. Division du sujet. — L'étude du style est longue et délicate; elle doit être partagée en trois parties qui contiennent : 1° des observations générales sur les mots ;

2° des observations sur les qualités générales du style et sur les qualités particulières que réclament les diverses espèces de style ;

3° une classification des formes de style.

3. Objet et utilité de ces observations. — Le choix des mots par lesquels la pensée ou l'émotion est exprimée est d'une grande conséquence, car la première condition, pour bien écrire, est d'employer les termes qui conviennent le mieux au sujet.

Avant tout, il faut posséder un catalogue complet des mots de la langue qu'on emploie. Puis on doit varier ses expressions et mettre toutes les nuances du style en rapport avec les nuances infinies de la pensée et du sentiment :

> Sans la langue, en un mot, l'auteur le plus divin
> Est toujours, quoi qu'il fasse, un méchant écrivain.

L'exercice le plus important pour la connaissance de la langue et des nuances qu'elle admet, c'est l'étude attentive des synonymes, des équivalents et des épithètes.

4. Des Synonymes. — Les *synonymes* sont les mots qui sous une forme différente représentent une même idée.

Ainsi l'on dit les *hommes*, les *humains* ou les *mortels* — la *mort* ou le *trépas* — *juste* ou *équitable* — *aimer* ou *chérir* — *vite* ou *promptement* — *comme* ou *de même que* — *bien!* ou *bravo!* Voilà ce qu'on appelle des synonymes.

A parler à la grande rigueur, et quand on examine de près la signification des termes, on reconnaît qu'il n'y a pas de véritables synonymes ; les mots de la langue qui semblent désigner une même idée, la présentent en réalité avec autant de nuances distinctes qu'il y a de mots.

Ainsi le mot *mortel* est plus poétique que le mot *homme :* en éveillant l'image de la mort, il provoque un retour de l'esprit sur la fragilité de notre existence ; de même pour *trépas* comparé à *mort ; équitable* comporte une nuance de charité et de bienveillance que ne contient pas le mot *juste; chérir* est plus expressif qu'*aimer; bravo!* dit plus que *bien!* etc.

C'est une étude intéressante et propre à développer la délicatesse du goût que de s'exercer à des analyses dont celles-ci pourraient être le modèle :

Demander, *interroger*, *questionner*, ont chacun leur destination particulière. En effet, quoique l'on questionne, que l'on interroge et que l'on demande pour savoir, il semble que *questionner* fasse sentir un esprit de curiosité, qu'*interroger* suppose de l'autorité, et que *demander* ait quelque chose de plus honnête et de plus respectueux : l'espion *questionne* les gens; le juge *interroge* les criminels; le soldat *demande* l'ordre du général.

—

Un homme est *indolent* par indifférence, *nonchalant* faute d'activité, *négligent* par manque de soin, *paresseux* par défaut d'action, *fainéant* par crainte de fatigue.

A un mauvais poëte qui avait confondu les mots *constance* et *patience*, un autre poëte écrivit :

Or, apprenez comme l'on parle en France :
Votre longue persévérance,
A donner au public vos vers,
Est ce qu'on appelle *constance ;*
Et tous ceux qui les ont soufferts
Ont dû s'armer de *patience.*

5. Des équivalents. — On nomme *équivalents* soit les

formes différentes que peuvent prendre certains mots, soit des expressions qui se substituent sans peine à d'autres expressions.

Ainsi le substantif peut être, dans certains cas, employé au singulier ou au pluriel : *Les sentiments de la religion sont la dernière chose qui s'efface en* l'homme, *et la dernière que l'homme consulte.*

Bossuet aurait pu également dire *dans les hommes.*

Le substantif pluriel peut être remplacé par un collectif au singulier :

> La *Grèce* a triomphé de *Rome* triomphante,

au lieu des *Grecs* et des *Romains.*

Un adjectif est l'équivalent d'un substantif employé comme complément d'un autre substantif. Phèdre dit, à propos d'Hippolyte :

> Et mes cris éternels
> L'arrachèrent du sein et des bras *paternels.*

pour *de son père.*

On dit encore : ardeur *guerrière* au lieu d'ardeur *pour la guerre;* — la bonté *divine* pour la bonté de *Dieu.*

De même on peut donner pour complément à un nom soit un autre nom, soit un infinitif : Je rougis *de pleurer* ou je rougis *de mes larmes;* — il demande *la mort* ou il demande à *mourir ;* — dites-moi *vos souffrances* ou dites-moi *ce que vous souffrez.*

Dans les verbes, les temps et les modes peuvent souvent permuter. Par exemple dans la vivacité d'un récit, le présent remplace avec avantage le passé. — Bossuet raconte la bataille de Rocroy : « Mais il *fallut* enfin céder ; c'est en vain qu'à travers les bois Beck *précipite* sa marche pour tomber sur nos soldats épuisés; le prince l'a *prévenu;* les bataillons enfoncés *demandent* quartier. »

L'infinitif est un heureux équivalent des modes personnels dans les imprécations. — Ainsi Junon peut dire également : Et *je renoncerais* à mes projets; ou Moi! *renoncer* à mes projets.

Le mode infinitif étant le plus court et le plus clair, on

peut en multiplier l'emploi à l'aide de certains auxiliaires tels que *aller*, *savoir*, *voir*, *pouvoir*, etc. Boileau offre de fréquents exemples de ces tournures :

Nous *allons* tout dompter.

—

Nous *pourrons* rire à l'aise.

—

Court avec Pharaon se noyer dans les mers.

—

Lorsque un cri tout à coup suivi de mille cris
Vient d'un calme si doux retirer ses esprits.

—

Je *vais* faire la guerre aux habitants de l'air.

Le pluriel dans les verbes peut se substituer au singulier; Thésée rendant justice au malheureux Hippolyte se dit à lui-même :

Allons de ce cher fils embrasser ce qui reste,
Rendons-lui les honneurs qu'il a trop mérités.

L'actif et le passif peuvent également s'employer. — Au lieu de l'ardeur dont *il était animé*, Bossuet aurait pu dire *qui l'animait*. A la place de : le sang *enivre* le soldat, le soldat *est enivré* par le sang.

Le participe présent est remplacé avec avantage par une proposition incidente explicative : — Au lieu de : Ce grand prince ne *pouvant* voir.... Bossuet a dit : Ce grand prince, *qui ne put* voir égorger ces lions comme de timides brebis, calma les courages émus.

Il est souvent utile de substituer à nos adverbes en *ment* une préposition suivie d'un substantif : *avec franchise* vaut mieux que *franchement*, ou un substantif accompagné d'un adjectif : *à pas lents* est préférable à *lentement*.

LEÇON XII.

DES ÉPITHÈTES.

1. DES ÉPITHÈTES. — 2. DES ÉPITHÈTES INDISPENSABLES. — 3. DES ÉPITHÈTES D'ORNEMENTS. — 4. DU NOMBRE ET DE LA PLACE DES ÉPITHÈTES. — 5. RÈGLES RELATIVES AUX SYNONYMES, AUX ÉQUIVALENTS ET AUX ÉPITHÈTES.

1. Des épithètes. — Outre les modifications utiles qui résultent du choix et du changement des mots il faut signaler comme un bon moyen de développement l'emploi des épithètes.

Les *épithètes* sont des adjectifs qui s'ajoutent au nom pour en compléter le sens. Cinna désigne le triumvirat d'une façon plus énergique par l'addition des épithètes qu'il lui applique; il a fait, dit-il, la peinture effroyable

De leur concorde *impie, affreuse, inexorable*,
Funeste aux gens de bien, aux riches, au sénat.

Il est très-important de chercher : 1° quel choix il faut faire des épithètes; 2° quelle place elles doivent occuper.

On distingue deux sortes d'épithètes, celles qui sont indispensables et celles qui sont de pur ornement. Par exemple, dans cette proposition : L'homme *juste* ne craint pas les *vaines* menaces des méchants, l'adjectif *vaines* est une épithète d'ornement tandis que l'adjectif *juste* est un complément indispensable.

2. Des épithètes indispensables. — Quelquefois un substantif n'offrirait à lui seul qu'une idée vague et incomplète, parce qu'il sert à la fois à désigner plusieurs objets; il faut donc pour l'éclaircir y joindre une épithète qui en détermine l'acception et prévienne toute méprise.

Ainsi dans la phrase célèbre de Pascal : l'espace est une sphère *infinie* dont le centre est partout, la circonférence nulle part; on enlèverait à la pensée toute son énergie en supprimant l'épithète ; elle est indispensable.

3. Des épithètes d'ornement. — Mais le plus souvent l'épithète n'est qu'un ornement ajouté pour contribuer à l'effet, pour augmenter ou atténuer l'expression, pour lui ajouter de la noblesse ou du piquant, du pathétique ou de l'harmonie.

Une épithète qui ne remplit pas l'une de ces conditions doit être bannie comme un mot parasite. En fait d'ornement tout ce qui ne sert pas est nuisible. Autant les épithètes bien choisies et placées avec discrétion relèvent l'expression, autant des épithètes banales et prodiguées affaiblissent et énervent le style.

Quintilien comparait le discours surchargé d'épithètes à une armée qui compterait autant de valets que de soldats ; le nombre des hommes serait doublé et la force militaire diminuée d'autant. En effet c'est l'indigence d'esprit qui conduit à ce vice ; faute d'idées principales on accumule les idées accessoires.

Il faut distinguer en suivant une gradation croissante d'intérêt, trois sortes d'épithètes :

1° Les épithètes de nature sont des adjectifs qui désignent la qualité la plus frappante des objets ; presque inséparables du substantif, ces épithètes n'ajoutent presque rien à l'idée qu'il présente : de *blancs* flocons de neige ; la *sombre* nuit ; les *tendres* embrassements.

2° Les épithètes de caractère plus expressives et plus particulières déjà, servent à désigner un homme ou une chose par sa qualité distinctive, par l'attribut qui le distingue dans son espèce.

Ainsi Bossuet appelle Cromwell un de ces esprits *remuants* et *audacieux* qui sont nés pour changer le monde. — Massillon nomme la Cour qui l'écoute : Cette assemblée *la plus auguste du monde*.

3° Les épithètes de circonstance expriment la manière d'être du moment ; elles se rapportent d'une façon toute particulière à une situation donnée, par suite elles peuvent être variées à l'infini. C'est l'emploi judicieux de ces épithètes qui donne au style ses meilleures qualités.

Ainsi La Bruyère distingue par des épithètes de circonstance Corneille et Racine : « Ce qu'il y a de plus *beau*, de plus *noble* et de plus *impérieux* dans la raison est manié par le premier, et par l'autre, ce qu'il y a de plus *flatteur* et de plus *délicat* dans la passion.... Corneille est plus *moral*, Racine plus *naturel*.

Si de ces beaux vers de Racine :

Et la rame *inutile*
Fatigua vainement une mer *immobile*,

on retranche les deux épithètes de circonstance, l'expression est dépouillée de toute sa grâce et de toute son énergie.

4. Du nombre et de la place des épithètes. — Pour ne pas multiplier les épithètes, il est bon de poser en règle qu'une seule épithète suffit à un substantif; quand on est forcé de les multiplier, les épithètes seront unies entre elles par des conjonctions, sauf dans le cas où l'écrivain essayera de produire un effet d'accumulation, comme madame de Sévigné dans la lettre célèbre où elle annonce le singulier mariage de mademoiselle de Montpensier :

Je m'en vais vous mander la chose la plus étonnante, la plus surprenante, la plus merveilleuse, la plus miraculeuse, la plus triomphante[1], etc.

La place qui convient à l'épithète c'est le plus près possible du substantif, afin d'éviter toute obscurité dans l'expression.

En général le génie de la langue française réclame l'épithète après le substantif; sauf certaines constructions qui résultent de la tradition ou de l'euphonie et qu'il est impossible d'apprendre autrement que par l'usage.

5. Règles relatives aux synonymes, aux équivalents et aux épithètes. — Autant que la chose est pos-

1. Voir *Morceaux choisis*, 3e année, page 23.

sible, dans un sujet aussi délicat, aussi étendu, voici les sept règles qu'on pourrait fixer :

I. *L'emploi des synonymes, des équivalents et des épithètes donne au style de la variété.*

II. *Dans les idiotismes, la synonymie est très-difficile à établir.*

III. *Les épithètes indispensables ne doivent pas être négligées.*

IV. *Pour les épithètes d'ornement tout ce qui ne sert pas est nuisible.*

V. *Eviter les épithètes sans conjonctions sauf pour un effet d'accumulation.*

VI. *Les épithètes doivent en général suivre le substantif.*

VII. *La place en peut être changée pour des effets d'harmonie ou mieux d'expression.*

LEÇON XIII.

DE LA CONSTRUCTION DES MOTS ET DES PROPOSITIONS.

1. DE LA CONSTRUCTION GRAMMATICALE. — 2. DE LA CONSTRUCTION LITTÉRAIRE. — 3. DE L'INVERSION. — 4. CONSTRUCTION DES PROPOSITIONS PRINCIPALES. — 5. CONSTRUCTION DES PROPOSITIONS SUBORDONNÉES. — 6. CONSTRUCTION DES PROPOSITIONS INCIDENTES. — 7. RÈGLES DE LA CONSTRUCTION.

1. De la construction grammaticale. — La *construction* est l'ordre dans lequel les mots sont arrangés pour former une proposition ; les propositions pour former une phrase ; les phrases, une période.

Cet arrangement est fixé d'abord par la grammaire, et le premier devoir de tout écrivain est de respecter la grammaire ; le précepte de Boileau n'admet pas d'exception :

> Surtout qu'en vos écrits la langue révérée
> Dans vos plus grands excès vous soit toujours sacrée.

En français l'ordre de construction des mots est l'ordre logique, qui consiste à énoncer d'abord le sujet, puis le verbe, ensuite l'attribut, enfin les divers compléments. EXEMPLE *Dieu donne la pâture aux petits des oiseaux.*

2. De la construction littéraire. — La construction littéraire distincte de l'ordre logique, aurait pour règle générale de disposer les mots dans l'ordre le plus propre à produire le meilleur et le plus grand effet sur l'imagination, le cœur et l'oreille. Alors, ce serait 1° au commencement ou à la fin des phrases ; 2° aux divers repos indiqués par la coupe des propositions, qu'il faudrait placer les mots exprimant les idées ou les sentiments les plus importants et dignes d'appeler l'attention.

3. De l'inversion. — C'est un résultat qu'on obtient en français par le secours de l'*inversion*, c'est-à-dire en changeant l'ordre logique.

Les règles de l'inversion sont fixées par le goût et l'exemple des grands écrivains, plutôt que par la grammaire. — Par exemple à cette phrase plate : *Cette redoutable infanterie de l'armée d'Espagne restait encore*, Bossuet a substitué par une heureuse inversion : *Restait cette redoutable infanterie de l'armée d'Espagne*, et cette inversion plaçant bien en vue le verbe *restait* donne l'idée de l'héroïque immobilité des soldats espagnols[1].

De même, comme cette inversion de Buffon fait heureusement ressortir la grâce séduisante et naturelle du cygne :

> A la noble aisance, à la facilité, à la liberté de ses mouvements sur l'eau, on doit reconnaître le cygne.... comme le plus beau modèle que la nature nous ait offert pour l'art de la navigation.

La construction logique de ces mêmes mots donne une phrase qui n'a plus ni charme ni expression :

> On doit reconnaître le cygne à la noble aisance, à la facilité, etc.

1. Voir *Morceaux choisis*, 3e année, page 17.

4. Construction des propositions principales. — Les propositions se classent de la façon la plus élémentaire en propositions principales, propositions subordonnées, et propositions incidentes.

Le rapport entre les propositions principales qui se complètent est marqué par la simple juxtaposition et par les conjonctions. Buffon a dit :

Aussi intrépide que son maître, le cheval voit le péril et l'affronte ; il se fait au bruit des armes ; il l'aime ; il le cherche, et s'anime de la même ardeur. Il partage aussi ses plaisirs ; à la chasse, aux tournois, à la course il brille, il étincelle.

5. Construction des propositions subordonnées. — Les propositions subordonnées sont celles qui se rattachent aux propositions principales pour en achever le sens.

La règle logique réclame que les propositions subordonnées se placent après les propositions principales :

Je ne veux point qu'un gendre puisse à ma fille reprocher ses parents et qu'elle ait des enfants qui aient honte de m'appeler leur grand'maman. MOLIÈRE.

Mais pour produire un effet littéraire, la proposition principale peut être rejetée à la suite. Madame Jourdain continue :

S'il fallait qu'elle me vînt visiter en équipage de grande dame et qu'elle manquât par mégarde à saluer quelqu'un du quartier ; on ne manquerait pas aussitôt de dire cent sottises.

La règle la plus importante à cet égard c'est que le passage et le rapport logique de la proposition principale à la proposition subordonnée soit toujours clair et facile à saisir. Pour arriver à ce résultat, il suffit de ne pas multiplier les conjonctions. C'est le soin qu'a pris Madame de Maintenon quand elle a écrit :

On ne sent guère dans les divertissements de Versailles que de la tristesse, de la fatigue et de l'ennui, et le plaisir fuit en proportion qu'on le recherche. Les enfants des souverains n'ont plus rien de nouveau à voir, parce qu'ils voient tout dès leur enfance : dès leur berceau on leur prépare leur ennui.

La phrase serait gâtée et d'une lourdeur intolérable, si l'on y ajoutait des conjonctions et qu'on dît

Le plaisir fuit en proportion qu'on le poursuit, *parce que* les enfants des souverains n'ont plus rien de nouveau à voir, *puisqu'ils* voient tout dans leur enfance, *et que*, dès le berceau, on leur prépare leur ennui.

L'emploi du discours direct est dans un grand nombre de cas le moyen le plus sûr d'échapper à la nécessité des conjonctions ; supprimez le discours direct dans la phrase suivante, et vous en sentirez tout le prix :

Plus je rentre en moi, plus je me consulte, et plus je lis les mots écrits dans mon âme : *Sois juste et tu seras heureux.* J. J. ROUSSEAU.

6. Construction des propositions incidentes. — Les *propositions incidentes* sont celles qui entrent dans une autre proposition à titre de compléments. On les appelle aussi *conjonctives* ou *relatives* parce qu'elles commencent par une des formes du pronom relatif ou conjonctif, *qui*, *que*, *dont*, *où*, etc. Fénelon dit à propos du luxe :

Ce vice *qui* en attire tant d'*autres, est loué* comme une vertu.

—

La nature est le premier livre *où* les hommes ont étudié les perfections infinies de Dieu.

La règle grammaticale qui enjoint de placer le pronom le plus près possible du substantif dont il tient la place est établie en vue d'éviter toute obscurité dans l'expression.

Il n'est pas sans danger de multiplier ces pronoms relatifs à travers lesquels l'esprit court risque de se perdre, comme cela se produit dans cette phrase :

Il faut se conduire par les lumières de la foi *qui* nous apprennent que l'insensibilité est d'elle-même un très-grand mal *qui* doit nous faire appréhender cette menace terrible *que* Dieu fait aux âmes *qui* ne sont pas assez touchées de sa crainte.

Nicole aurait pu dire avec plus d'élégance et de clarté :

Il faut se conduire par les lumières de la foi ; elles nous apprennent que l'insensibilité est d'elle-même un très-grand mal et qu'elle doit nous faire appréhender cette menace terrible faite par Dieu aux âmes trop peu touchées de sa crainte.

7. Règles pour la construction. — Les observations relatives à la construction des mots et des propositions, se résument en sept règles :

I. *La construction logique consiste à énoncer le sujet, puis le verbe, ensuite l'attribut, enfin les divers compléments.*

II. *La construction littéraire demande que les mots soient mis à la place où ils peuvent faire la meilleure impression sur l'oreille ou sur l'imagination.*

III. *Les inversions n'ont d'autres règles à respecter que l'usage, le goût, l'euphonie et la clarté.*

IV. *Le rapport entre les propositions principales n'est souvent marqué que par la juxtaposition.*

V. *Les propositions subordonnées doivent être unies aux propositions principales de manière que la distinction en soit facile et claire.*

VI. *Les propositions incidentes doivent être évitées, parce qu'elles multiplient les pronoms conjonctifs.*

VII. *Le discours direct offre un excellent moyen d'éviter les propositions conjonctives.*

LEÇON XIV.

DES PHRASES ET DES PÉRIODES.

1. DE LA PHRASE. — 2. DE LA PÉRIODE. — 3. DES DIFFÉRENTES SORTES DE PÉRIODES. — 4. DU STYLE PÉRIODIQUE. — 5. HARMONIE DE LA PÉRIODE. — 6. RÈGLES RELATIVES A LA PHRASE ET A LA PÉRIODE.

1. De la phrase. — La *phrase* est une suite de propositions formant un sens complet et servant à l'expression d'un raisonnement.

Ainsi quand Bossuet dit :

La main de Dieu fut sur lui; son règne fut court et sa mort fut affreuse.

Il fait trois propositions. Si au contraire le rapport entre ces trois jugements était indiqué par des conjonctions, l'enchaînement logique des trois propositions formerait une phrase :

Comme la main de Dieu était sur Joram, son règne fut court et sa mort fut affreuse.

La phrase étant l'énoncé d'un raisonnement, la première règle à observer, c'est de rendre aussi clairement que possible la relation qui existe entre les jugements.

La Rochefoucauld offre d'excellents exemples de ces phrases complexes :

Ce qui fait que peu de personnes sont agréables dans la conversation, c'est que chacun songe plus à ce qu'il a dessein de dire qu'à ce que les autres disent et que l'on n'écoute guère, quand on a bien envie de parler.

2. De la période. — De même qu'une phrase est une suite de propositions, une *période* se compose de phrases unies entre elles. La propositions est l'énonciation d'un simple jugement, qui forme un raisonnement; la période représente une suite de raisonnements qui servent au développement complet d'une conception étendue.

La période se compose de *membres* qui se subdivisent en *incises*.

Il est impossible d'en offrir un modèle plus remarquable et dont l'analyse soit plus instructive que cette période qu'on admire dans l'exorde de l'oraison funèbre de la reine de la Grande-Bretagne.

Celui qui règne dans les cieux et de qui relèvent tous les empires, à qui seul appartient la gloire, la majesté et l'indépendance, est aussi le seul qui se glorifie de faire la loi aux rois et de leur donner, quand il lui plaît, de grandes et terribles leçons.

La pensée de Bossuet peut se ramener à cette simple proposition : *Dieu fait la loi aux rois*. Le développement périodique de cette idée consiste à substituer au simple mot *Dieu* trois périphrases, qui forment les trois premiers *membres* de la période, et à redoubler l'idée du verbe par un dernier membre dont l'ampleur couronne bien la période : *et de leur donner quand il lui plaît de grandes et terribles leçons.*

3. Des différentes sortes de périodes. — Les éléments de la période sont donc des phrases qu'on appelle membres, tantôt il n'y en a que deux :

Que ne doit-on pas craindre de ses vices, | si ses bonnes qualités sont si dangereuses ?

Voici une période à trois membres :

De quels yeux regardèrent-ils le jeune prince, | dont la victoire avait relevé la haute contenance, | à qui la clémence ajoutait de nouvelles grâces.

A quatre membres :

Nous nous sommes plaints que la mort, ennemie des fruits que nous promettait la princesse, les a ravagés dans la fleur, | qu'elle a effacé pour ainsi dire sous le pinceau même un tableau | qui s'avançait à la perfection avec une incroyable diligence, | dont les premiers traits, dont le seul dessin montrait déjà tant de grandeur.

Au delà de quatre à cinq menbres au plus la période courrait risque de paraître longue et par suitede fatiguer.

4. Du style périodique. — Le style périodique a plus de noblesse, plus d'harmonie que le style coupé ; celui-ci est plus léger, plus vif, plus brillant.

Ni l'un ni l'autre ne doivent être exclus d'aucun sujet : il faut même les employer tour à tour pour répandre de la variété dans un écrit. Cependant, on peut dire d'une façon générale que les sujets nobles et sérieux exigent le style périodique, et les sujets agréables et légers, le style coupé.

5. Harmonie de la période. — L'harmonie de la période résulte surtout de la symétrie entre les membres, qui doivent se répondre et se balancer. Mais cette symétrie ne doit pas être géométrique, sous peine d'être froide et affectée.

Concilier l'unité qui naît de la symétrie avec la variété des tours et des propositions, c'est un heureux tempérament que le goût seul peut apprendre et pour lequel il est impossible de fixer des règles précises. — Par exemple dans cette période de Bossuet :

Le plus parfait de tous, qui avait été le plus superbe, se trouva le plus malfaisant comme le plus malheureux.

Il est facile de sentir la division en deux membres qui se font équilibre et dont le premier se termine après le mot *superbe ;* chacun de ces membres se subdivise en deux incises secondaires dont la symétrie est indiquée sans être trop accusée.

Une loi de progression applicable surtout aux périodes, c'est de ne pas finir par une proposition trop courte, mais de conclure et de couronner le développement de la pensée par une phrase longue et sonore.

6. Règles relatives à la phrase et à la période. — Le bon sens et l'étude des grands modèles peuvent fournir et justifier les cinq règles suivantes :

I. *La phrase étant l'expression du raisonnement doit indiquer le lien entre les propositions.*

II. *La période destinée à faire sentir les rapports plus multipliés entre les propositions doit être symétrique.*

III. *Cette symétrie ne doit pas être trop accusée.*

IV. *La période ne peut pas se diviser en moins de deux membres ; elle ne peut guère dépasser cinq membres.*

V. *Le dernier membre qui forme la cadence ou chute ne doit pas être plus court que ceux qui précèdent et auxquels il fait équilibre.*

LEÇON XV.

DES TOURS DE PHRASE.

1. DES TOURS DE PHRASE. — 2. DES TOURS GÉNÉRAUX. — 3. DES TOURS PARTICULIERS. — 4. RÈGLES RELATIVES AUX TOURS DE PHRASE.

1. Des tours de phrase. — On nomme ainsi les façons différentes dont une pensée peut être présentée, tout en conservant à peu près les mêmes mots pour la rendre. —

Ainsi la pensée que Racine a exprimée dans ce beau début d'Athalie :

> Oui je viens dans son temple adorer l'Éternel.

peut se rendre encore sous les formes :

> Non je ne veux ici qu'adorer l'Éternel.
> Comment ne pas venir adorer l'Éternel ?
> Laissez-moi dans son temple adorer l'Éternel.

Il va sans dire que de toutes ces formes, la meilleure est celle que le poëte a choisie ; mais il est telle disposition du sujet qui pourrait faire préférer une forme différente.

Les tours de phrase peuvent être divisés en deux groupes : les tours généraux et les tours particuliers.

2. Les tours généraux ou communs. — Les *tours généraux* ou communs sont ceux qui, dépendant du mouvement même de la pensée, peuvent s'échanger aisément l'un contre l'autre. Leur principal avantage est d'offrir un excellent moyen de varier le style.

Ces tours généraux peuvent être ramenés à quatre principaux : le *tour affirmatif*, le *tour négatif*, le *tour interrogatif* et le *tour exclamatif*.

Le *tour affirmatif* est évidemment le plus simple, le plus naturel, celui dont l'emploi se présente le plus souvent à l'esprit ; c'est l'expression de la pensée :

> *Oui*, l'homme est né pour le ciel; *c'est* sa destinée d'y tendre librement; *oui*, le poëte a bien dit :
> La vie est un combat dont la palme est aux cieux.

Le *tour négatif* est déjà moins direct; il semble supposer une contradiction possible ou passée, l'écrivain répond à une opinion pour la combattre; par suite cette forme est plus vive et plus dramatique :

> *Rien* n'est durable de ce qui n'est pas fondé sur la raison et la justice; *ce ne sont pas* des succès éphémères qui doivent nous faire illusion; *loin* de les admirer, il *faut les déplorer* bien plutôt.
>
> —
>
> *Nul* ne prend pour soi la vérité *qui le condamne.*
>
> —
>
> *Non*, pas une action, pas une parole, pas une pensée n'échappe à Dieu.

Le *tour interrogatif* est plus vif et plus dramatique encore, puis qu'il prend à partie un interlocuteur réel ou imaginaire et le provoque à répondre. — Ainsi Voltaire, dans sa lettre célèbre à milord Harvey :

Eh! quel roi donc en cela a rendu plus de services à l'humanité que Louis XIV? Quel roi a répandu plus de bienfaits et marqué plus de goût, s'est signalé par de plus beaux établissements?

Enfin le *tour exclamatif* est le plus passionné dont l'imagination humaine puisse se servir. — Bossuet l'emploie à propos de la mort foudroyante de la duchesse d'Orléans :

O nuit désastreuse! ô nuit effroyable! où retentit tout à coup comme un éclat de tonnerre, cette étonnante nouvelle, Madame se meurt! Madame est morte!.... Quoi donc! elle devait périr sitôt!.... Ce matin elle fleurissait, avec quelles grâces! vous le savez; le soir nous la vîmes séchée!....

Le meilleur moyen de reconnaître toute la puissance littéraire et morale de cette dernière tournure, c'est de transformer ces expressions en un simple tour affirmatif :

Ce fut une nuit désastreuse, une nuit effroyable, celle où retentit tout à coup cette étonnante nouvelle que Madame se mourait, que Madame était morte.

Mais plus une forme est passionnée ; plus elle a besoin d'être ménagée pour ne pas produire l'effet tout opposé à celui qu'on en attend; employer mal à propos l'exclamation, c'est courir le risque de substituer le ridicule et le grotesque au touchant et au pathétique.

3. Des tours particuliers. — Aux formes les plus simples de la proposition se rattachent des tours dont l'étude n'est pas sans importance pour qui veut mettre son langage dans le rapport le plus étroit possible avec sa pensée. Les plus usités de ces tours sont les suivants :

Le *tour expositif :*

Telle est l'ambition dans la plupart des hommes, inquiète, honteuse, injuste. MASSILLON.

—

Tant la mort est prompte à remplir ces places. BOSSUET.

Le *tour démonstratif :*

La *voilà*, malgré son grand cœur, cette princesse si admirable et si chérie. BOSSUET.

Le *voyez-vous* comme il vole ou à la victoire ou à la mort.

BOSSUET.

—

Regardez la jeunesse non comme un âge de plaisir et de relâchement mais comme un temps que la vertu consacre au travail et à l'application; *voilà* ce qu'ont fait les hommes vraiment grands et illustres.

MASSILLON.

Le *tour descriptif*. Buffon a dit, dans son tableau de la mer :

Là sont ces contrées orageuses où les vents en fureur précipitent la tempête....; *ici* sont des mouvements intestins, des bouillonnements..... *plus loin je vois* ces gouffres dont on n'ose approcher....; *au delà j'aperçois* ces vastes plaines toujours calmes et tranquilles.

Le *tour optatif*, expression très-vive d'une espérance ou d'un souhait :

Ainsi, puisse-t-il toujours vous être un cher entretien! Ainsi *puissiez-vous* profiter de ses vertus et que sa mort que vous déplorez vous serve à la fois de consolation et d'exemple! BOSSUET.

—

A Dieu ne plaise qu'un ministre du ciel pense jamais avoir besoin d'excuse auprès de vous! BRIDAINE.

—

Que je voudrais bien tenir un de ces puissants d'un jour si légers sur le mal qu'ils ordonnent. BEAUMARCHAIS.

Le *tour emphatique* est une forme secondaire du tour exclamatif :

Qu'ai-je fait? malheureux! j'ai contristé les pauvres, les meilleurs amis de mon Dieu. BRIDAINE.

—

On voit tomber derrière soi tout ce qu'on avait laissé passer : fracas effroyable, inévitable ruine!.... toujours entraîné, tu approches du gouffre! BOSSUET.

4. Règles relatives aux tours de phrase. — En résumé toutes les remarques et tous les exemples cités sont le principe de quatre règles élémentaires :

I. *Les tours les plus simples sont le tour affirmatif et le tour négatif, qui suffisent à l'expression habituelle des idées et des sentiments.*

II. *Les tours interrogatif et exclamatif sont beaucoup plus passionnés, mais aussi doivent être employés avec une extrême discrétion.*

III. *Les tours particuliers ajoutent à la variété et à la vivacité de l'expression.*

IV. *Plus les tours de phrase s'éloignent de la simplicité logique, plus il est dangereux de les prodiguer.*

LEÇON XVI.

DES FIGURES.

1. DES FIGURES ET DU STYLE FIGURÉ. — 2. USAGE ET ABUS DES FIGURES. — 3. DES DIFFÉRENTES ESPÈCES DE FIGURES. — 4. RÈGLES RELATIVES AUX FIGURES.

1. Des figures et du style figuré. — Déjà l'énumération et l'analyse des différents tours de phrase donne une idée de la variété qu'on peut introduire dans le style. Il faut y ajouter les *figures*, c'est-à-dire les physionomies différentes de la pensée et du sentiment.

Les *figures* sont des formes de style qui ajoutent au discours plus de vivacité, d'énergie ou de grâce; elles sont au langage ce que sont les gestes et les mouvements de la physionomie pour le visage de l'homme. — Au propre, nous disons *dans la jeunesse ;* au figuré, *à la fleur de l'âge.*

Tout mot peut-être pris dans un sens propre et dans un sens figuré : Socrate but le *poison.* Voilà le sens propre. — Les courtisans versent le *poison* de la louange. Voilà le sens figuré.

Le *style figuré* n'est pas une forme extraordinaire du style, c'est au contraire une des manifestations les plus spontanées de l'imagination et de la passion :

La nature rend les hommes éloquents dans les grands intérêts et dans les grandes passions. Quiconque est vivement ému, voit les choses d'un autre œil que les autres hommes; tout est pour lui objet de comparaison rapide et de métaphore; sans qu'il y prenne garde, il anime tout et fait passer dans ceux qui l'écoutent une partie de son enthousiasme. VOLTAIRE.

Dumarsais dit avec raison qu'en une heure il se fait à la halle plus de figures qu'en plusieurs jours de réunion académique.

2. Usage et abus des figures. — Le but et l'objet propre des figures est d'augmenter la force de l'expression.

Au lieu de dire *La France et l'Espagne seront désormais unies;* Louis XIV dit à Philippe V : *Mon fils, il n'y a plus de Pyrénées;* il suffit de rapprocher ces deux propositions pour sentir ce que vaut une figure mise à propos.

La règle générale est de ne pas prodiguer les figures et de craindre la fatigue résultant de la monotonie :

Il y aurait un défaut de goût, dit Andrieux, à surcharger une étoffe de broderies, à couvrir un portique de bas-reliefs et de moulures; les ornements doivent toujours être subordonnés au fond.

C'est surtout dans une situation pathétique ou violente que l'emploi des figures d'ornement serait d'une extrême maladresse.

Le naturel est une qualité essentielle du style dont il faut se préoccuper plus que partout dans l'emploi des figures. Que penser d'un poëte qui, à propos du mouvement d'une fête des champs trouve de pareils vers :

Les arbres à leur tour prennent part à la fête,
Ne le pouvant des pieds, ils dansent de la tête.

Voilà pourquoi Cicéron dit :

Toute figure doit être amenée naturellement; il faut qu'elle paraisse être venue d'elle-même et non avoir été traînée de force à la place du mot propre.

C'est tout un art, et très-délicat, que la préparation par laquelle un écrivain ménage les figures de façon à satisfaire l'esprit par la justesse de l'image en même temps qu'il l'étonne par la force et l'imprévu, en même temps qu'il lui plaît par la finesse ou par la grâce. Par exemple, dites :

Il faut que M. de la Garde ait de bonnes raisons de se *marier* ;

je le croyais *libre*, mais enfin il faut *venir au timon et suivre la foule.*

Voilà des images qui ne sont ni préparées ni soutenues. Lisez au contraire Mme de Sévigné :

Il faut que M. de la Garde ait de bonnes raisons pour se porter à l'extrémité de s'atteler avec quelqu'un : je le croyais libre et sautant, et courant dans un pré ; mais enfin il faut venir au timon, et se mettre sous le joug comme les autres.

Ainsi, le goût est choqué de cette figure incohérente qu'on rencontre dans Malherbe :

Prends ta foudre, Louis, et va comme un lion.

3. Des différentes espèces de figures. — La classification la plus simple des figures distingue : 1° les mouvements de style qui tiennent au sentiment et à la pensée ; 2° les mouvements qui, tenant aux mots, disparaissent par cela seul qu'on change les mots de la proposition : c'est-à-dire les *figures de pensée* et les *figures des mots.*

Ainsi l'*interrogation* est une figure de pensée parce que la figure subsiste quels que soient les mots qui l'expriment, elle est dans le tour :

Pourquoi l'assassiner ? Qu'a-t-il fait ? A quel titre ?

Au contraire, dans la *métaphore* de Bossuet à propos du duc d'Enghien :

Il ne put voir égorger ces lions comme de timides brebis ;

Mettez le mot *soldats* au lieu du mot *lions* et la métaphore disparaît, il ne reste plus qu'une comparaison : la métaphore est donc une figure de mot.

4. Règles relatives aux figures. — Avant d'en venir aux études et aux explications de détail relatives au style figuré les remarques générales que provoquent les figures peuvent être résumées dans les cinq règles qui suivent :

I. *Ne pas multiplier les figures qui se nuiraient par leur accumulation.*

II. *Éviter les figures de pur ornement dans les passages pathétiques.*

III. *Toute figure qui manque de naturel nuit plus qu'elle ne sert à l'effet.*

IV. *Les figures ont besoin d'être soigneusement préparées.*

V. *Plus les figures sont vives, plus elles ont besoin d'être mesurées.*

LEÇON XVII.

DES FIGURES DE PENSÉE.

1. DES FIGURES DE PENSÉE. — 2. DE LA DESCRIPTION. — 3. DE LA COMPARAISON. — 4. DES DIVERSES FORMES DE COMPARAISON. — 5. DE L'ANTITHÈSE. — 6. USAGE ET ABUS DE L'ANTITHÈSE. — 7. RÈGLES RELATIVES A CES FIGURES.

1. Des figures de pensée.— Les *figures de pensée* sont les modifications du discours qui sont indépendantes des mots eux-mêmes, parce qu'en changeant les mots on ne changerait pas pour cela la pensée et le sentiment. Ainsi, sous quelque forme que se présentent ou l'*interrogation* ou l'*exclamation*, elles rendent toujours le même mouvement de l'âme.

Les figures de pensée sont très-nombreuses et très-diverses; les principales sont : la *description*, la *comparaison*, l'*antithèse*, l'*hyperbole*, l'*interrogation*, la *prétérition*, l'*apostrophe*, la *prosopopée*.

2. De la description. — La *description* que les Grecs appelaient *hypotypose* c'est-à-dire *image*, met les objets sous les yeux par la vérité des lignes et la vivacité des couleurs; elle fait du discours une peinture.

A propos de la mort de Didon, l'historien dira :

Elle fut si accablée de douleur après le départ d'Énée, que ne pouvant supporter la vie, elle se donna elle-même la mort.

En écoutant ces paroles, vous apprenez le fait, vous ne le voyez pas. Écoutez Virgile, il le mettra devant vos yeux :

Alors Didon, frémissante et dans l'égarement de son affreux projet, les yeux hagards et sanglants, le visage agité et livide, le front déjà pâle des approches de la mort, Didon s'élance dans l'intérieur du palais. Folle de douleur, elle monte au sommet du bûcher, dégage du fourreau l'épée que le héros troyen destinait à un tout autre usage, puis regardant cette tunique phrygienne, ce lit si connu, elle donne un moment à ses larmes et à ses pensées; enfin elle s'étend sur sa couche et prononce ces mots suprêmes :

« Dépouilles qui me fûtes si chères tant que les destins et les dieux l'ont permis, recevez mon dernier soupir, affranchissez-moi de mes tourments! J'ai vécu, j'ai rempli la carrière que le sort m'avait tracée; aujourd'hui mon ombre glorieuse va descendre chez les morts. J'ai fondé une ville puissante; j'ai vu les remparts de ma capitale; pour venger mon époux, j'ai châtié un frère inhumain; je fus heureuse! Hélas! trop heureuse, si les vaisseaux troyens n'avaient touché mes rivages! »

Elle dit, et imprimant ses lèvres sur sa couche : « Quoi! mourir sans vengeance! Oui, mourons; oui, c'est ainsi que j'aime à descendre chez les ombres. Que fuyant sur les mers, le cruel Troyen repaisse ses yeux des flammes de mon bûcher, qu'il emporte avec lui les présages de ma mort! »

Quelle belle et vive *description* que cette image de Jupiter :

Il sera Dieu; même je veux
Qu'il ait en sa main un tonnerre.
Tremblez, humains, faites des vœux,
Voilà le maître de la terre!

LA FONTAINE.

C'est encore une *description* que cette peinture, où le contraste fait valoir les deux images :

Avec grand bruit et grand fracas,
Un torrent tombait des montagnes;
Tout fuyait devant lui; l'horreur suivait ses pas,
Il faisait trembler les campagnes.
. . . .
Une rivière, dont le cours,
Image d'un sommeil doux, paisible et tranquille,
Lui fit croire d'abord ce trajet fort facile;
Point de bords escarpés, un sable pur et net.

LA FONTAINE.

Quatre vers suffisent à Racine pour mettre sous nos yeux les joies éphémères du méchant :

> Pour comble de prospérité,
> Il espère revivre en sa postérité,
> Et d'enfants, à sa table, une riante troupe
> Semble boire avec lui la joie à pleine coupe !...

3. De la comparaison. — La *comparaison* consiste à rapprocher deux choses qui se ressemblent ; ainsi la colère et la tempête, une jeune fille et une rose, un héros et un lion, la charité et la chaleur vivifiante du soleil.

L'effet le plus ordinaire de cette figure est de donner plus de vivacité à l'expression ; de là ces locutions populaires : Beau comme un ange, — Prompt comme l'éclair, — Bavard comme une pie.

Elle ajoute encore de la grâce au discours ; alors elle est un ornement presque poétique.

Enfin elle sert parfois à donner plus de force et de clarté au raisonnement, elle explique, elle éclaircit une idée par le rapprochement d'une idée semblable.

Voici par exemple une ravissante comparaison, par laquelle Fénelon ajoute un charme poétique et une émotion touchante au tableau de la mort :

> L'enfant tombe dans son sang ; ses yeux se couvrent des ombres de la mort ; il les entr'ouvre à la lumière ; mais à peine l'a-t-il trouvée qu'il ne peut plus la supporter. Tel qu'un beau lis au milieu des champs, coupé dans sa racine par le tranchant de la charrue, languit et ne se soutient plus ; il n'a point encore perdu cette vive blancheur et cet éclat qui charment les yeux ; mais la terre ne le nourrit plus et sa vie est éteinte : ainsi le fils d'Idoménée, comme une jeune et tendre fleur, est cruellement moissonné dès son premier âge.

4. Des formes diverses de la comparaison. — Les poëtes et les orateurs offrent l'exemple d'une grande variété de formes pour exprimer la comparaison.

Chateaubriand semble avoir réuni comme à plaisir toutes les formes de la comparaison dans le morceau suivant :

> Un cri s'élève du fond des légions : « Victoire à l'empereur ! » Les barbares repoussent ce cri par un affreux mugissement : *la foudre éclate avec moins de rage sur les sommets de l'Apennin ; l'Etna gronde avec moins de violence lorsqu'il verse au sein des mers des torrents de*

feu; l'Océan bat ses rivages avec moins de fracas, quand un tourbillon, descendu par l'ordre de l'Éternel, a déchaîné les cataractes de l'abîme.

Les Gaulois lancent les premiers leurs javelots contre les Francs, mettent l'épée à la main et courent à l'ennemi; l'ennemi les reçoit avec intrépidité. Trois fois ils retournent à la charge; trois fois ils viennent se briser contre le vaste corps qui les repousse : *tel un grand vaisseau, voguant par un vent contraire, rejette de ses deux bords les vagues qui fuient et murmurent le long de ses flancs.* Non moins braves et plus habiles que les Gaulois, les Grecs font pleuvoir sur les Sicambres une grêle de flèches; et reculant peu à peu, sans rompre nos rangs, nous fatiguons les deux lignes du triangle de l'ennemi. *Comme un taureau vainqueur dans cent pâturages, fier de sa corne mutilée et des cicatrices de sa large poitrine, supporte avec impatience la piqûre du taon sous les ardeurs du midi : ainsi les Francs, percés de nos dards, deviennent furieux à ces blessures sans vengeance et sans gloire.* Transportés d'une aveugle rage, ils brisent le trait dans leur sein, se roulent par terre et se débattent dans les angoisses de la douleur.

5. De l'antithèse. — L'*antithèse* ou le *contraste* est une figure qui tire de la comparaison de deux objets l'occasion de les opposer.

Saint-Lambert dit à propos de l'orage :

Un seul jour a détruit l'ouvrage d'*une année* [1].

Boileau se plaint avec esprit du fracas des cloches :

Qui se mêlant au bruit de la grêle et des vents
Pour honorer les *morts* font *mourir les vivants.*

Voltaire a tracé, dans une antithèse célèbre, le portrait de Henri III :

Tel *brille* au *second* rang qui s'*éclipse* au *premier.*
Il devint *lâche* roi, d'*intrépide* guerrier.

6 Usage et abus de l'antithèse. — Le rapprochement par contraste frappe l'imagination d'un coup vif et profond ; c'est ce que prouvent les exemples qui précèdent. Mais quelque fondée que soit l'antithèse, si elle est trop répétée elle déplaît par l'air de recherche et par l'uniformité qu'elle met dans le style.

1. Voir *Morceaux choisis*, 2e année, page 48.

Montesquieu dit à ce propos :

L'esprit aime les contrastes ; mais un contraste perpétuel devient symétrie, et cette opposition toujours recherchée devient uniformité.

Le comble du ridicule c'est l'antithèse qui n'oppose que des mots aux mots.

8. Règles relatives à ces figures. — Toutes les remarques sur la description, la comparaison, et l'antithèse sont résumées dans quatre règles.

I. *La description doit être vive et détaillée.*

II. *La comparaison doit être claire, juste, sobre et très-variée.*

III. *L'antithèse ne produit d'effet qu'à la condition de sortir du sujet et de n'être par trop répétée.*

IV. *L'antithèse qui n'est que dans les mots, n'a aucune valeur littéraire.*

LEÇON XVIII.

SUITE DES FIGURES DE PENSÉE.

1. DE L'HYPERBOLE. — 2. DE L'INTERROGATION. — 3. DE LA PRÉTÉRITION. — 4. DE L'APOSTROPHE. — 5. DE LA PROSOPOPÉE. — 6. RÈGLES RELATIVES A CES FIGURES.

1. De l'hyperbole. — L'*hyperbole* est une figure qui consiste à dire plus que la réalité, à dépasser le but, afin d'être sûr de l'atteindre.

Ce mot grec signifie *lancer au delà ;* en effet l'hyperbole emploie des expressions qui, prises à la lettre, iraient au delà du but, mais qui frappent l'esprit du lecteur en lui laissant le soin de ramener les choses à leur juste valeur.

Elle est l'effet d'une imagination vivement frappée qui, se grossissant à elle-même les objets, trouve trop faibles toutes les expressions ordinaires. La Bruyère a dit : « L'hyperbole exprime au delà de la vérité pour ramener l'esprit à la mieux connaître. ».

Cette figure est si naturelle à l'imagination humaine que nous l'employons le plus souvent à notre insu ; ce sont des hyperboles que ces locutions familières : *blanc comme neige*, *plus léger que la plume*, un *torrent de larmes*.

L'hyperbole frappe l'imagination et y laisse un trait pénétrant, elle fait image ; témoin cette phrase de La Bruyère à propos de l'amateur de fleurs :

Vous le voyez *planté et qui a pris racine* au milieu de ses tulipes.

Virgile dépeint la course légère d'une amazone :

Elle eût, des jeunes blés rasant les verts tapis,
Sans plier leur sommet couru sur les épis;
Ou d'un pas suspendu sur les vagues profondes
De la mer en glissant eût effleuré les ondes.
Et d'un pied plus léger que l'aile des oiseaux,
Sans mouiller sa chaussure eût volé sur les eaux.

Mais, dit Quintilien, on doit user sobrement de l'hyperbole et craindre de tomber dans l'enflure. Souvent, pour vouloir porter trop haut l'hyperbole, on la détruit ; la corde de l'arc qu'on a trop tendue se relâche.

Brébeuf est devenu populaire par le ridicule de ses hyperboles :

De morts et de mourants cent montagnes plaintives,
D'un sang impétueux cent vagues fugitives.

2. De l'interrogation. — L'*interrogation* présente l'idée sous une forme dubitative, afin de provoquer l'attention.

Cette figure est naturelle à l'indignation et à la douleur ; elle atteste encore la crainte ou l'étonnement.

Il ne faut pas confondre le tour interrogatif avec la figure de l'interrogation. Fléchier aurait pu dire, à propos de Turenne :

Quand il remportait quelque avantage, à l'entendre, ce n'était pas qu'il fût habile ; mais l'ennemi s'était trompé. S'il rendait compte d'une bataille, il n'oubliait rien, sinon que c'était lui qui l'avait gagnée.

Il a mieux aimé dire, prenant le tour interrogatif :

Remportait-il quelque avantage? à l'en croire, ce n'était pas.... Rendait-il compte d'une bataille ? il n'oubliait rien sinon que c'était lui qui l'avait gagnée.

Ce tour donne une allure plus vive à la proposition ; mais il ne constitue pas une figure.

Au contraire, quand Massillon, pressé par la crainte du jugement dernier, s'écrie, dans la péroraison du sermon sur le petit nombre des élus[1] :

Croyez-vous que le plus grand nombre de tout ce que nous sommes ici fût placé à droite ? Croyez-vous que les choses du moins fussent égales ? Croyez-vous qu'il s'y trouvât seulement dix justes, que le Seigneur ne put trouver autrefois en cinq villes tout entières ?... O Dieu ! où sont vos élus et que reste-il pour votre partage ?

Ces interrogations qui se pressent et s'accumulent sont bien l'impression d'une émotion qui de l'âme de l'orateur se communique au cœur de ceux qui l'écoutent.

3. De la prétérition. — La *prétérition* ou *prétermission* consiste à dire qu'on passe sous silence certains détails, tout en les donnant en effet.

Pour ne pas allonger la liste des méfaits de Verrès, pour échapper au reproche de sortir de la cause, et pour donner plus de force encore à ses accusations par le vague même des termes qu'il emploie, Cicéron use de la prétérition quand il dit :

Je veux passer sous silence les turpitudes et les infamies de sa jeunesse.

Il laisse libre carrière à l'imagination des juges.

De même Mathan dans *Athalie* :

Qu'est-il besoin Nabal, qu'à tes yeux je rappelle,
De Joad et de moi la fameuse querelle,
Quand j'osai contre lui disputer l'encensoir,
Mes brigues, mes combats, mes pleurs, mon désespoir.

Fléchier a fait le plus heureux emploi de la prétérition dans l'oraison funèbre de Turenne ; il a ainsi renouvelé l'intérêt de la description :

N'attendez pas, messieurs, que j'ouvre ici une scène tragique, que je représente ce grand homme étendu sur ses propres trophées, que je découvre ce corps pâle et sanglant, auprès duquel fume encore la foudre qui l'a frappé et que j'expose à vos yeux les tristes images de la religion et de la patrie éplorées.

1. Voir *Morceaux choisis*, 3e année, page 330.

Cette figure a l'avantage de prévenir le reproche de longueur puisqu'on est censé ne point parler des choses, ce qui n'empêche pas de leur donner le rang et le degré d'importance qu'elles méritent.

4. De l'apostrophe. — L'*apostrophe* consiste à s'adresser à une personne, en se détournant vivement de celle à laquelle on s'adressait auparavant.

Ainsi, c'est une apostrophe, quand Cicéron se lève devant le sénat assemblé, et qu'au lieu de parler à ses collègues il se tourne brusquement vers Catilina pour lui dire :

> Jusqu'à quand abuseras-tu de notre patience ?

Par extension l'on nomme apostrophe toute parole vive et pressante. Ainsi Bossuet ému des misères subies par la reine d'Angleterre :

> O éternel; veillez sur elle ? Anges saints, rangez alentour vos escadrons invisibles et faites la garde autour d'une princesse si grande et si délaissée !

Il en est de même de tout appel direct et passionné. Qui ne connaît cette noble apostrophe d'Henri IV à ses soldats avant la bataille d'Ivry :

> Enfants ! si vous perdez vos enseignes et vos guidons, ralliez-vous à mon panache blanc ; vous le trouverez toujours sur le chemin de l'honneur et de la victoire.

Cette figure très-vive et très-passionnée donne le mouvement dramatique au discours ; elle anime les personnes et même les choses. Par ce côté l'apostrophe touche à la prosopopée qui est une des plus audacieuses et des plus frappantes parmi les figures de pensée.

5. De la prosopopée. — La *prosopopée*, comme l'indique son nom grec, est une personnification des choses. Rien de plus naturel à la passion que de prêter le sentiment, la vie, l'action, la parole même aux choses inanimées.

Un des plus anciens et des plus beaux modèles de prosopopée a été donné par Platon dans le dialogue du *Criton*. Sollicité par ses disciples de s'enfuir de sa prison, Socrate refuse de céder à leurs prières, parce qu'il croit entendre les lois d'Athènes qui lui disent :

Ignores-tu donc, toi qu'on appelle sage, que la patrie est plus vénérable encore qu'une mère, un père et tous les aïeux; plus auguste, plus sacrée, et dans un rang plus sublime aux yeux des immortels et des sages ; qu'il faut être encore plus respectueux, plus soumis, plus humble devant la patrie irritée que devant un père en courroux ; qu'il faut ou la fléchir, ou souffrir en silence les peines qu'elle inflige, les verges, la prison ; que lorsqu'elle t'envoie au combat recevoir des blessures et la mort, ton devoir est d'obéir ; que c'est un crime de fuir, de céder, de quitter le poste qu'elle t'assigne ; que tu dois, et sur les champs de bataille, et dans les tribunaux et partout, te soumettre aux ordres de ton gouvernement, de ton pays, ou employer les voies de persuasion que te laisse la justice ; enfin que, si la révolte est sacrilége envers un père ou une mère, elle l'est encore plus envers la patrie ? Que répondrons-nous aux lois, Criton ? Est-ce la vérité qu'elles disent ? — La vérité.

Les poëtes offrent à profusion de beaux exemples de prosopopée. — Ainsi Louis Racine dans son poëme de la *Religion :*

La voix de l'univers à ce Dieu me rappelle ;
La terre le publie : Est-ce-moi, me dit-elle,
Est-ce moi qui produis mes riches ornements?
C'est celui dont la main posa mes fondements.

Mais les situations qui comportent l'emploi de cette figure sont rares dans les circonstances ordinaires, et trop souvent en prose la prosopopée semblerait emphatique et ridicule.

6. Règles relatives à ces figures. — Les observations critiques sur ces figures de pensée peuvent être résumées en cinq règles :

I. *L'hyperbole est une exagération dangereuse et dont l'abus conduit vite au ridicule.*

II. *L'interrogation donne un mouvement passionné au style et provoque l'attention.*

III. *La prétérition permet d'introduire dans le sujet des détails accessoires et de renouveler l'intérêt d'un récit.*

IV. *L'apostrophe donne une vivacité toute dramatique à l'exposition et à la narration.*

V. *La prosopopée ne convient qu'à l'expression d'une passion très-violente et qui va presque jusqu'au délire.*

LEÇON XIX.

DES TROPES.

1. DES TROPES. — 2. DE LA MÉTAPHORE. — 3. ORIGINE DE LA MÉTAPHORE. — 4. USAGE ET ABUS DE LA MÉTAPHORE. — 5. RÈGLES.

1. Des tropes. — Les figures de mots ont pour caractère distinctif que, le mot supprimé, la figure disparaît, tandis que, même après le changement des mots, les figures de pensée persistent encore.

Les plus frappantes et les plus communes de ces figures sont les *tropes*. Ce mot, qui signifie en grec *tourner*, désigne une figure qui détourne un mot de son acception usuelle.

Ainsi le mot *brillant*, qui convient à la lumière, s'applique par un trope à l'esprit, à la parole, etc.

Le trope change la signification des mots comme on le fait quand on dit d'un homme courageux qu'il est un *lion*; quand on dit *cent voiles* au lieu de cent vaisseaux ; on change alors le sens et l'application des mots *lion* et *voiles*.

Le principal trope a été désigné par les rhéteurs anciens sous le nom de *métaphore*.

2. De la métaphore. — La *métaphore*, d'un mot grec qui signifie *transporter*, transporte en effet un mot à une signification nouvelle, en vertu d'une comparaison sous-entendue.

Par exemple, quand David dit : *Dieu est mon soleil et mon bouclier*, il pense : Dieu m'éclaire comme le soleil et me protége comme un bouclier.

Une métaphore, dit Quintilien, est une comparaison abrégée. — Ainsi le moraliste pourrait dire que la mort du sage est calme comme le soir d'un beau jour ; le poëte dit recourant à la métaphore :

> Rien ne trouble sa fin, c'est le soir d'un beau jour.
>
> La Fontaine.

Fénelon emploie une comparaison quand il dit :

> Le fils d'Idoménée, *comme une jeune et tendre fleur*, est cruellement moissonné dès son premier âge.

Bossuet a remplacé cette comparaison par une métaphore quand il dit :

> Représentons-nous le jeune prince que les grâces elles-mêmes semblaient avoir formé de leurs mains ; pardonnez-moi ces expressions, il me semble que je vois encore tomber *cette fleur*.

La Fontaine a réuni la comparaison et la métaphore dans ces vers sur la vieillesse et la mort :

> Je voudrais qu'à cet âge
> On sortît de la vie ainsi que d'un banquet,
> Remerciant son hôte, et qu'on fît son paquet.

3. Origine de la métaphore. — Cette figure est si bien dans les habitudes naturelles de l'esprit que le langage même de la conversation est plein de métaphores. C'est ainsi que nous disons :

La *pénétration* de l'esprit, la *rapidité* de la pensée, la *chaleur* du sentiment, la *dureté* de l'âme, l'*aveuglement* du cœur, le *torrent* des passions, le *poids* de la volonté.

Le *feu* de la jeunesse, le *printemps* de la vie, la *fleur* de l'âge, les *glaces* de la vieillesse, l'*hiver* de la vie, le *fardeau* des années.

Être *bouillant* de colère, *enivré* de gloire, *glacé* d'effroi, *bercé* d'espoir, *ballotté* par la crainte, etc.

La métaphore a pour effet ordinaire d'attribuer la vie et le mouvement du monde physique même aux choses et aux faits du monde moral. Grâce à elle tout prend un corps et un visage : l'homme *brûle* de colère, *sèche* d'envie et *s'endurcit* contre la douleur, etc.

Cependant elle transporte aussi parfois des qualités et des actes de la vie morale aux objets physiques. Ainsi l'on dit : la terre *prodigue* ou *refuse* ses trésors. — L'Océan s'*emporte* ou se *calme*.

4. Usage et abus des métaphores. — Cette figure est le plus beau, le plus riche, le plus fréquent de tous les tropes. C'est par elle que le style s'embellit et se colore ; c'est par elle que tout vit dans la poésie et dans l'éloquence.

1° La première qualité d'une bonne métaphore est d'être naturelle, c'est-à-dire de rapprocher deux idées ou deux images qui ne sont pas incompatibles. Telle est cette charmante métaphore de La Bruyère :

La véritable grandeur se courbe par bonté vers ses inférieurs, et revient sans effort dans son naturel.

2° La métaphore doit éviter l'incohérence qui naît du rapprochement d'idées et d'images très-différentes. Par exemple c'est une métaphore incohérente que contient ce vers :

Malgré des *feux* si beaux qui *rompent* ma colère;

Des feux ne rompent pas, ils allument et brûlent.

Je remonterai à la base de vos réputations.

On ne remonte pas à une base, mais à une source.

3° Aristote recommande encore de rendre les métaphores par des termes agréables à l'oreille, éveillant des impressions douces et analogues à celles de l'objet. Il signale à ce propos la différence entre ces trois métaphores : L'aurore *aux doigts de rose*, *aux doigts de pourpre*, *aux doigts rouges*.

De toutes les figures, la métaphore est celle dont l'abus atteste le mieux le déclin et la décadence d'une littérature.

5. Règles. — Les observations auxquelles donne lieu la métaphore peuvent être ramenées à trois règles élémentaires :

I. *La métaphore parle à l'imagination en donnant la forme et le mouvement aux choses spirituelles.*

II. *Elle doit être naturelle, simple et suivie.*

III. *Il faut éviter les métaphores qui rabaissent et matérialisent trop les choses.*

LEÇON XX.

DES FIGURES DE MOTS.

1. DES FIGURES DE MOTS. — 2. DES FIGURES DE GRAMMAIRE : DE L'ELLIPSE. — 3. DU PLÉONASME. — 4. DE L'INVERSION. — 5. DES FIGURES ORATOIRES : DE LA RÉPÉTITION. — 6. DE L'APPOSITION. — 7. RÈGLES.

1. **Des figures de mots.** — Les figures de mots qui ne sont pas des tropes résultent de l'emploi et de la disposition des mots eux-mêmes; alors changer les mots ou la construction, c'est détruire la figure.

Ainsi, à la place de la répétition :

Je l'ai *vu*, dis-je, *vu*, de mes propres yeux *vu*,
Ce qu'on appelle *vu*....

Mettez simplement : *je l'ai vu ;* il n'y a plus de *répétition*, il n'y a plus de figure.

De même, au lieu de ce vers de Corneille :

Tombe sur moi le ciel pourvu que je me venge!

Écrivez : *Que le ciel tombe sur moi*, et vous détruisez cette figure de mots qu'on appelle *inversion*.

2. **Des figures de grammaire.** — On distingue parmi les figures de mots : 1° celles qui résultent d'un changement dans l'ordre grammatical; ce sont les figures de grammaire ; 2° les figures oratoires qui ne changent rien à la régularité du langage.

Il y a trois figures de grammaire principales qui sont l'*ellipse*, le *pléonasme*, l'*inversion*.

L'*ellipse* supprime des mots que la construction grammaticale exigerait.

Toutes les fois que le vide est facile à combler, l'ellipse a l'avantage d'alléger la phrase et de rendre l'expression plus vive. Aussi les moralistes dont la pensée prend volontiers une forme sentencieuse en font un grand usage :

Il y a des reproches qui louent et des éloges qui médisent.

LA ROCHEFOUCAULD.

—

Le bon esprit nous découvre notre devoir, notre engagement à le faire, et s'il y a du péril, avec péril. LA BRUYÈRE.

A plus forte raison, cette figure est-elle employée par les poëtes à titre de licence.

Ainsi dit le renard, et flatteurs d'applaudir.

LA FONTAINE.

—

Nos amis ont grand tort, et tort qui se repose
Sur de tels paresseux.

LA FONTAINE.

3. Du pléonasme. — Cette figure, tout au contraire de l'ellipse, ajoute des mots que la grammaire rejetterait comme superflus.

Cette insistance donne plus de force à l'expression, et convient à une passion vive : Je l'ai vu *de mes propres yeux*. C'est une figure qui se confond presque avec la répétition et s'associe souvent à elle.

Le pléonasme court parfois le risque d'alourdir la phrase sans nul profit ; alors c'est une faute presque ridicule, comme le prouve l'exemple suivant :

Trois sceptres à son trône attachés par mon bras,
Parleront au lieu d'elle et ne se tairont pas.

4. De l'inversion. — Cette figure consiste à renverser l'ordre grammatical des mots.

Elle constitue l'une des principales licences de notre poésie. Voici quelques exemples qui conviendraient même à la prose :

L'or, même à la laideur donne un trait de beauté.

BOILEAU.

—

Toutes les dignités que tu m'as demandées,
Je te les ai sur l'heure et sans peine accordées.

CORNEILLE.

Nos grands orateurs en ont fourni quelques exemples d'une audace qu'on peut à peine proposer pour modèle :

Restait cette redoutable infanterie de l'armée d'Espagne.
BOSSUET.

—

Déjà frémissait dans son camp l'ennemi confus et déconcerté ; déjà prenait l'essor, pour se sauver dans les montagnes, cet aigle dont le vol hardi avait d'abord effrayé nos provinces. FLÉCHIER.

5. Des figures oratoires : de la répétition. — Les figures oratoires ne dérogent en rien aux règles de la grammaire ; l'écrivain ne demande aucun sacrifice à la langue. Les deux plus usitées parmi ces figures sont la *répétition* et l'*apposition*.

La *Répétition* est la figure qui, pour appeler l'attention sur une idée, un objet ou un acte présente plusieurs fois le mot qui l'exprime. On peut répéter toutes les espèces de mots ; d'abord les substantifs :

L'argent, l'argent, dit-on, sans lui tout est stérile ;
La vertu sans argent n'est qu'un meuble inutile ;
L'argent en honnête homme érige un scélérat ;
L'argent seul au palais peut faire un magistrat.
BOILEAU.

La répétition du verbe est la plus commune :

Guillot dormait alors profondément,
Son chien dormait aussi, comme aussi sa musette ;
La plupart des brebis dormaient pareillement.
LA FONTAINE.

—

Louis XIV n'a pas fait tout ce qu'il pouvait faire parce qu'il était homme ; mais il a fait plus qu'aucun autre, parce qu'il était un grand homme. VOLTAIRE.

Répétition de l'adverbe :

Là on expie ses péchés, là on épure ses intentions, là on transporte ses désirs de la terre au ciel, là on perd tout le goût du monde.
BOSSUET.

Répétition de la conjonction :

Mais tout dort, et l'armée et les vents et Neptune.
RACINE.

La Fontaine a réuni l'ellipse, le pléonasme et la répétition dans les vers suivants :

Moi, des tanches ! dit-il, moi héron, que je fasse
Une si pauvre chère !

6. **De l'apposition.** — Cette figure consiste dans l'emploi de substantifs à titre d'adjectifs et en guise d'épithètes : Bossuet décrit la pompe funèbre du prince de Condé :

Des titres, des inscriptions, vaine *marque* de ce qui n'est plus.

L'apposition est une figure qui par cela seul qu'elle change le rôle du substantif offre quelque chose d'étudié qui ne convient qu'au style élevé. Cependant La Fontaine en use souvent avec bonheur :

Laissez là votre serpe, *instrument* de dommage.

—

Ils virent à l'écart une étroite cabane,
Demeure hospitalière, humble et chaste *maison*.

7. **Règles relatives à ces figures.** — De cette étude, on peut tirer les cinq règles suivantes :

I. *L'ellipse convient à l'expression vive et sentencieuse de la pensée ; elle expose à l'obscurité à force de concision.*

II. *Le pléonasme appuie sur une idée, mais il est si près du ridicule que le nom même est pris le plus souvent en mauvaise part.*

III. *L'inversion employée sans trop contrevenir à la grammaire et à l'usage, donne au style de la variété et de l'expression.*

IV. *La répétition sert à indiquer une action qui se multiplie et elle peut porter sur toutes les espèces de mots.*

V. *L'apposition ne convient guère qu'au style élevé.*

LEÇON XXI.

DU STYLE. — QUALITÉS GÉNÉRALES DU STYLE.

1. DU STYLE. — 2. DISTINCTION DES QUALITÉS GÉNÉRALES ET DES QUALITÉS PARTICULIÈRES. — 3. DE LA CORRECTION ET DE LA PROPRIÉTÉ. — 4. DE LA CLARTÉ. — 5. DE LA PRÉCISION. — 6. DU NATUREL. — 7. DE LA NOBLESSE. — 8. RÈGLES RELATIVES A CES QUALITÉS.

1. Du style.—Le *style* est le caractère propre à l'expression de la pensée, ce caractère propre résulte à la fois et du choix et de la construction des mots; c'est une manière de dire les choses qui en fait la force, l'intérêt ou le charme.

On exige surtout de l'historien la vérité des faits; du philosophe, la justesse du raisonnement; de l'écrivain et de l'orateur on a le droit de réclamer davantage; ils veulent plaire et toucher, ils ne le peuvent que grâce au style ; l'orateur doit réveiller sans cesse l'esprit par des impressions qui l'intéressent et le rendent attentif; nous n'écoutons l'orateur, dit Louis Racine, qu'autant qu'il plaît à nos oreilles et à notre imagination par le charme du style. Voltaire a dit également avec goût :

> Les choses qu'on dit frappent moins que la manière dont on les dit; car les hommes ont tous à peu près les mêmes idées de ce qui est à la portée de tout le monde : la différence est dans l'expression ou le style.

C'est dans ce sens que Buffon a écrit cette parole tant de fois citée : *le style c'est l'homme*[1].

2. Des deux sortes de qualités de style. — Il faut distinguer deux sortes de qualités du style : des qualités générales qui sont essentielles à toute expression de la pensée et qui doivent se retrouver dans toutes les compositions, quel qu'en soit l'objet et le caractère, et des qualités particulières, c'est-à-dire des qualités propres à certains genres seule-

1. Voir *Morceaux choisis*, 3e année, page 246.

ment et qui varient suivant les différents objets que se proposent les écrivains.

Les six qualités générales sont la *correction*, la *clarté*, la *précision*, le *naturel*, la *noblesse* et l'*harmonie*.

3. De la correction et de la propriété. — La *correction* consiste à respecter les règles de la grammaire et de l'usage ; à n'employer que les termes et les locutions autorisées :

Surtout qu'en vos écrits la langue révérée
Dans vos plus grands excès vous soit toujours sacrée....
Sans la langue, en un mot, l'auteur le plus divin,
Est toujours, quoi qu'il fasse, un méchant écrivain.

Pour écrire et pour parler correctement, il faut joindre à l'étude de la grammaire, la lecture et l'usage : la lecture des meilleurs écrivains apprend dans quelle mesure il est permis d'innover ; l'usage s'acquiert par le commerce de ceux qui parlent bien.

A la correction se rattache la *propriété*, que La Bruyère a caractérisée ainsi :

Entre toutes les différentes expressions qui peuvent rendre une seule de nos pensées, il n'y en a qu'une qui soit la bonne ; on ne la rencontre pas toujours en parlant ou en écrivant. Il est vrai néanmoins qu'elle existe, que tout ce qui ne l'est point est faible et ne satisfait point un homme d'esprit qui veut se faire entendre.

Pour bien s'éclairer sur les exigences de la langue, il faut remarquer partout avec attention les expressions qui semblent sortir de la règle et de l'usage.

Ainsi Fléchier a dit : « Turenne n'abandonne rien au hasard de ce qui peut être conduit par la *vertu*. » Le mot est impropre. Bossuet a dit plus justement de Cromwell : « Il ne laissait rien à la fortune de ce qu'il pouvait lui ôter par *conseil* et par *prévoyance*. »

Les grands écrivains ont eu des audaces heureuses d'expression que le génie et le succès justifient ; il vaut mieux les admirer que les imiter.

4. De la clarté. — La *clarté* consiste à faire voir au grand jour la pensée. Les mots n'en sont que le signe, le style n'en est que la manifestation.

C'est une des premières qualités dont un écrivain doit se préoccuper; en effet, dit Fénelon, le premier de tous les devoirs d'un homme qui n'écrit que pour être entendu est de soulager son lecteur en se faisant d'abord entendre.

L'obscurité du style naît le plus souvent du vague et de l'indécision de la pensée; on ne saurait donc prendre trop tôt l'habitude de ne dire que ce que l'on sait :

Il est certains esprits dont les sombres pensées
Sont d'un nuage épais toujours embarrassées :
Le jour de la raison ne saurait les percer ;
Avant donc que d'écrire apprenez à penser.
Suivant que notre idée est plus ou moins obscure,
L'expression la suit ou moins nette ou plus pure :
Ce que l'on conçoit bien s'énonce clairement,
Et les mots pour le dire arrivent aisément.

La longueur des phrases et l'enchaînement des propositions sont des sources trop fécondes d'obscurité. C'est le défaut de cette définition de l'épopée :

L'épopée est un discours inventé avec art pour former les mœurs par des instructions déguisées sous les allégories d'une action importante, qui est racontée en vers d'une manière vraisemblable et divertissante.

Les termes abstraits sont encore une cause d'obscurité, témoin ces vers :

Faut-il mourir, madame, et si proche du terme,
Votre illustre inconstance est-elle encor si ferme
Que les restes d'un feu que j'avais cru si fort
Puissent dans quatre jours se promettre ma mort.

Les articles et les pronoms sont des sources de constructions amphibologiques, et s'il est vrai que ce qui n'est pas clair n'est pas français, le mérite en est plus à notre esprit qu'à notre langue. Bayle disait à ce sujet:

Je suis scrupuleux jusqu'à la superstition à propos des ambiguïtés auxquelles donnent lieu les pronoms *il, elle, le, lui, qui, que*, et les adjectifs *mon, ton, son*, etc.

Les plus grands écrivains offrent des exemples de cette faute. Bossuet a écrit:

César voulut premièrement surpasser Pompée; les immenses richesses de Crassus *lui* firent croire qu'il pourrait partager la gloire de ces deux grands hommes.

Nous tombons sans y penser dans une infinité de fautes à l'égard de ceux avec *qui* nous vivons, *qui* les disposent à prendre en mauvaise part.... NICOLE.

Racine lui-même a dit à propos de Louis XIV :

On croira ajouter quelque chose à la gloire de notre auguste monarque, lorsqu'on dira qu'il a estimé, qu'il a honoré de ses bienfaits le grand Corneille et que, même deux jours avant *sa* mort, lorsqu'il ne *lui* restait plus qu'un rayon de connaissance, il lui envoya encore des marques de *sa* libéralité.

Sa et *lui* font équivoque ; la grammaire les fait rapporter à Louis XIV et le sens à Corneille.

Le meilleur remède à ce mal très-commun dans notre langue, c'est d'user de répétitions fréquentes, de prépositions, de conjonctions, suivant le conseil et l'exemple de l'empereur Auguste qui ne craignait rien tant que de laisser quelque obscurité dans son langage.

Il est encore important d'indiquer le plus vite possible le caractère propre de la phrase par les mots mêmes qui sont placés au début. Enfin, à propos des répétitions de mots qu'on redoute trop, Pascal a fait cette remarque très-instructive :

Quand, dans un discours, on trouve des mots répétés et qu'essayant de les corriger on les trouve si propres qu'on gâterait le discours, il faut les laisser; cette répétition n'est pas faute en cet endroit, car il n'y a pas de règle générale.

L'obscurité naît souvent du désir de paraître fin, délicat, mystérieux, profond.

On s'imagine volontiers que ce sont des gens d'esprit, ceux qu'on n'entend pas sans beaucoup d'esprit.

Vous voulez, Acis, me dire qu'il fait froid ? Que ne me disiez-vous : il fait froid ? Est-ce un si grand mal d'être entendu quand on parle et de parler comme tout le monde? LA BRUYÈRE.

5. De la précision. — La *précision* est la qualité qui consiste à n'employer que les termes nécessaires à l'expression de la pensée. Voltaire a dit :

La plupart des fautes de langage sont au fond des défauts de justesse. Le style précis a le premier de tous les mérites, celui de rendre la marche du discours semblable à celle de l'esprit.

Le moindre défaut des mots parasites est d'énerver le

style. Par exemple, à la place de cette maxime de La Rochefoucauld : *L'esprit est souvent dupe du cœur;* mettez : *Nous nous trompons souvent dans nos jugements sur une chose ou sur une personne, par suite du goût que nous avons pour elle.* La pensée aura perdu son charme, sa grâce, sa physionomie en perdant sa vivacité et sa précision.

Ne confondons pas la concision avec la précision.

Le discours précis ne s'écarte pas du sujet, s'interdit les idées étrangères, et méprise tout ce qui est hors de propos : il n'est point de genre où cette attention ne soit nécessaire. Le discours concis explique et énonce en très-peu de mots, il bannit tout ce qui ressemble à l'amplification ou à l'ornement. Ainsi la première de ces qualités est bonne en toute occasion ; la seconde ne convient pas à tous les sujets, ni avec toutes sortes de personnes, parce qu'il y a des matières qui veulent être développées et ornées, et que le demi-mot ne suffit pas à la plupart de ceux qui écoutent ou qui lisent : il faut leur dire le mot entier.

L'abbé GIRARD.

La diffusion ou la prolixité est le défaut qui s'oppose à la précision, ce défaut consiste à dire les choses avec plus de mots qu'il n'est nécessaire.

A cet effet, évitez avec soin les parenthèses qui jettent des idées accessoires à travers le développement d'une idée principale, ralentissent la marche du discours et embarrassent l'esprit du lecteur.

6. **Du naturel.** — Cette qualité est plus facile à comprendre qu'à définir; le naturel exclut toute recherche et tout effort prolongé et sensible.

Andrieux a très-bien dit :

Le naturel est une qualité essentielle à tous les genres; c'est la vérité des expressions, des images et des sentiments; mais une vérité parfaite, qui paraît n'avoir coûté à l'écrivain aucune peine, aucun effort ; la moindre affectation détruit ce naturel si précieux; dès qu'une expression recherchée, une image forcée, un sentiment exagéré se présente, le charme est détruit.... Le naturel n'est pas la qualité des jeunes gens. Il en est de l'exercice de la pensée comme des exercices du corps : quand on commence à apprendre l'escrime, la danse, l'équitation, on emploie presque toujours trop de force, on fait de trop grands mouvements et l'on réussit moins en se donnant beaucoup plus de peine.

Le défaut le plus ennemi du naturel est celui dans lequel les Français tombent le plus, c'est le désir de montrer de l'esprit mal à propos; nous cherchons des traits brillants quand il ne faudrait que de la justesse.

7. De la noblesse. — La *noblesse* consiste à éviter toujours les termes bas et les images grossières. Boileau a dit vrai :

> Quoi que vous écriviez, évitez la bassesse,
> Le style le moins noble a pourtant sa noblesse.

Quel poète a mieux que La Fontaine prouvé que ce soin n'est incompatible ni avec le naturel, ni avec la grâce, ni avec le mouvement.

La recherche maladroite de la noblesse conduit à l'emphase, qui renchérit sur la dignité par la pompe et la singularité des expressions.

8. Règles relatives aux qualités générales du style. — En cette matière, comme pour tout ce qui se rapporte aux questions de goût, la lecture, la méditation, la comparaison des grands écrivains sont les plus sûrs moyens de s'instruire; cependant, toutes les observations sur les qualités générales du style peuvent être résumées dans les huit règles qui suivent :

I. *Le style est toujours le reflet naturel des qualités et des défauts du caractère et de l'esprit.*

II. *La correction ne permet d'employer que les mots et les tournures reçus par la grammaire et par l'usage, ou autorisés par l'exemple des grands écrivains.*

III. *La clarté a pour première condition de bien savoir ce que l'on veut dire.*

IV. *Supprimer avec soin tous les mots inutiles et les termes abstraits.*

V. *Se défier des pronoms et ne pas craindre les répétitions de mots.*

VI. *La précision fait retrancher tous les termes superflus.*

VII. *Le naturel du style naît de la simplicité et de la vérité dans les idées et les sentiments; le désir de montrer de l'esprit est le défaut le plus nuisible au naturel.*

VIII. *La noblesse est une convenance de langage et de ton qui s'impose au style le plus simple et qui en exclut toute expression vulgaire.*

LEÇON XXII.

SUITE DES QUALITÉS GÉNÉRALES DU STYLE.

1. DE L'HARMONIE. — 2. DE L'EUPHONIE. — 3. DU NOMBRE. — 4. DE L'HARMONIE IMITATIVE. — 5. DE LA CONVENANCE. — 6. DE L'UNITÉ ET DE LA VARIÉTÉ. — 7. DES TRANSITIONS. — 8. DE LA VIVACITÉ. — 9. DU DISCOURS DIRECT. — 10. RÈGLES RELATIVES A CES QUALITÉS.

1. De l'harmonie. — L'*harmonie* est un agrément musical résultant du choix des mots et de leur arrangement dans la phrase.

Elle contribue au charme du style et, par suite, au succès de l'écrivain. Boileau a eu raison de dire :

.... La plus noble pensée
Ne peut plaire à l'esprit, quand l'oreille est blessée.

Le langage, sous toutes ses formes, doit être toujours agréable à l'oreille; aussi la prose elle-même a-t-elle son nombre et sa mesure.

Il faut distinguer l'harmonie des mots, l'harmonie des périodes et l'harmonie imitative.

L'harmonie des mots consiste dans le concours des sons les plus doux, les plus agréables à l'oreille. Elle comprend deux choses, l'*euphonie* et le *nombre*.

2. De l'euphonie. — L'*euphonie* résulte du son même des mots :

Il est un heureux choix de mots harmonieux.
Fuyez des mauvais sons le concours odieux.

BOILEAU.

La rencontre de syllabes dures ou de sons identiques fait un effet désagréable et ridicule : c'est un défaut dont il faut se préoccuper d'autant plus que les plus grands écrivains n'y ont pas toujours échappé.

On doit donc éviter : 1° la répétition d'une même articulation ; exemple : *le pain dont nous nous nourrissons ;* 2° les consonnances : *celui qui fait le mal sans* réflexion, *dit pour sa* justification *qu'il l'a fait sans* intention; 3° l'hiatus : Malherbe l'a sévèrement proscrit de nos vers ; il doit être évité, même en prose, dans tous les cas où il offense l'oreille :

Gardez qu'une voyelle à courir trop hâtée
Ne soit d'une voyelle en son chemin heurtée.

3. Du nombre. — Le *nombre* est l'agrément qui résulte pour l'oreille d'une succession de sons et d'articulations choisies.

Dans toutes les langues, la prose est susceptible d'une harmonie qui, sans être aussi marquée, aussi mélodieuse que celle des vers, est cependant très-sensible pour toute oreille un peu délicate. Elle ne doit être ni mesurée ni privée de rhythme ; elle réclame une cadence, mais moins sensible que celle de la poésie. Cependant, la cadence est importante, même dans la plus simple proposition ; toute chute doit être sonore plutôt que muette, à moins d'un effet cherché, comme par exemple dans ces derniers mots de l'oraison funèbre de Condé : *Les restes d'une voix qui tombe et d'une ardeur qui s'éteint.*

En vue du nombre, deux défauts doivent être surtout évités :

1° La chute sur un membre de phrase trop court : Je ne crois pas, malgré ses promesses réitérées, *qu'il vienne.*

2° La monotonie de phrases toutes longues ou de propositions toutes coupées.

L'harmonie parfaite des phrases consiste dans la succession et dans l'enchaînement régulier des propositions qui servent à l'expression complète de la pensée. Pour les phrases, elle résulte du soin avec lequel la fin est préparée, de ce que tous les repos, toutes les chutes de la voix se font sur des notes sonores ou harmonieuses. Les syllabes muettes, à la fin d'une proposition principale, sont un des écueils de notre langue, trop riche en syllabes muettes.

Ainsi, par exemple, pour éviter cette chute de phrase :

La plus glorieuse conquête que l'homme ait jamais faite est celle de ce fier et fougueux animal qui partage avec lui les fatigues de la guerre,

Buffon a eu soin d'ajouter cette chute brillante et sonore : *et la gloire des combats*. Il continue :

Aussi intrépide que son maître, le cheval voit le péril et l'affronte : il se fait au bruit des armes, il l'aime, il le cherche et s'anime de la même ardeur.

Mettez *du même courage* et toute l'harmonie de la phrase est détruite.

Du reste, ce sont là des nuances si délicates que la seule manière de se faire l'oreille à l'harmonie du style est de lire tout haut, d'apprendre et de réciter par cœur les plus beaux morceaux de nos grands poëtes et de nos écrivains classiques. On acquiert ainsi, par l'habitude, une exigence et une délicatesse d'oreille dont les susceptibilités légitimes ne pourraient être l'objet de règles positives.

4. De l'harmonie imitative. — L'*harmonie imitative* est le rapport des sons avec les objets que les mots expriment.

Elle se produit ou par imitation directe des sons, c'est l'*onomatopée ;* ou par analogie entre l'effet des sons et l'effet même des objets sur l'imagination ou sur le cœur, c'est le *rhythme*. L'onomatopée est souvent puérile, l'harmonie par le rhythme est le secret des maîtres.

1° L'*onomatopée* cherche à imiter par les mots les sons même de la nature :

L'essieu crie et se rompt.

—

Pour qui sont ces serpents qui sifflent sur vos têtes

RACINE.

2° Elle consiste encore dans l'imitation des mouvements lents ou vifs, gracieux ou pénibles qui sont propres aux êtres de la nature ; c'est ainsi que le style fait image et qu'il devient pittoresque. Cet effet ne saurait être mieux enseigné que par ce portrait dessiné par La Fontaine :

> Un jour sur ses longs pieds allait je ne sais où
> Le heron au long bec emmanché d'un long cou.

3° Le *rhythme* résulte du choix des sons les plus propres à rendre les mouvements passionnés de l'âme, son agitation ou vive ou profonde. Dans cette belle période de Bossuet :

> Celui qui règne dans les cieux et de qui relèvent tous les empires, à qui seul appartient la gloire, la majesté, l'indépendance,

le nombre et la sonorité des mots répondent bien à la majesté de l'objet. Au contraire dans le passage suivant de Fléchier :

> Au premier bruit de ce funeste accident, ils furent quelque temps muets, saisis, immobiles ;.... le Jourdain se troubla et tous ses rivages retentirent du son de ces lugubres paroles : Comment est mort cet homme puissant?

ce style coupé : *muets*, *saisis*, *immobiles*, semble l'écho des soupirs de cette douleur, dont le morne abattement est rendu par l'harmonie sourde des derniers mots de cette belle période.

5. De la convenance. — La *convenance* est l'appropriation du style au sujet; c'est une qualité qui renferme toute les autres; car le mot qui convient le mieux au sujet est à la fois le plus précis et le plus clair. Cette qualité résulte du choix même des mots. Boileau a dit avec raison :

> Des couleurs de sujet je teindrai mon langage.

L'architecture d'une maison diffère de celle d'une église; de même chaque sujet a son style propre : la passion ne s'exprime pas comme la raison, le physicien et le poëte ne décrivent pas dans les mêmes termes la lumière du jour.

C'est pour conserver à son style la convenance que par la plus habile gradation La Fontaine passe du style simple au style sublime :

> Un bloc de marbre était si beau,
> Qu'un statuaire en fit l'emplette.
> Qu'en fera, dit-il, mon ciseau?
> Sera-t-il Dieu, table ou cuvette?

Il sera Dieu ; même je veux
Qu'il ait en sa main un tonnerre :
Tremblez, humains ; faites des vœux ;
Voici le maître de la terre.

6. De l'unité et de la variété. — L'*unité* se rattache à la convenance ; elle consiste à donner au style d'un ouvrage tout entier un même caractère inspiré par le caractère des idées ; mais l'unité conduit trop aisément à la monotonie : « Oh ! les beaux vers ! disait Fontenelle, les beaux vers ! je ne sais pourquoi je bâille ! » C'est qu'il lisait un poëme où manquait la variété.

Savoir changer de ton, élever, abaisser son style, le rendre fort, vif, léger, gracieux, plaisant même, suivant les idées qu'on veut rendre et les sentiments qu'on veut communiquer, c'est une qualité précieuse.

La *variété* du style doit se montrer non-seulement lorsqu'on change de sujet, mais aussi dans les diverses parties d'un même ouvrage ; il s'y rencontre des différences qui exigent de la variété dans le ton. Cicéron assignait des caractères propres aux diverses parties de la composition : un style simple pour plaire au début, un style fin et pénétrant pour convaincre au milieu, un style vif et véhément pour toucher à la fin.

Parmi les moyens très-divers et très-nombreux de donner au style de l'unité et de la variété, il en est un qui mérite d'être mentionné avec un soin particulier ; c'est l'art des *Transitions*.

7. Des transitions. — Une *transition* est un lien établi entre deux idées, deux images, deux raisonnements. Ce passage est marqué par quelques mots ou par une phrase tout entière qui aide à transporter l'esprit d'un sujet à un autre. Faute de transition ménagée, la succession des idées a quelque chose de brusque et de dur qui surprend l'esprit du lecteur, le secoue et le fatigue.

Le fond de toute transition pourrait se rendre par cette phrase naïve : *J'ai parlé de cela, je veux maintenant parler de ceci ;* l'habileté de l'écrivain consiste à voiler la nudité et la sécheresse de cet aveu. Il s'agit donc toujours d'une expression qui, résumant ce qui vient d'être dit et développé, indique ce qui va être développé maintenant. Pour cela il faut une phrase ou une proposition dont une partie rappelle le passé et l'autre annonce l'avenir. Tantôt cet ordre même est suivi : Fléchier, pour passer du tableau des grandes espérances que donnait Turenne au récit de sa mort :

Hélas! nous savions tout ce que nous pouvions *espérer*, et nous ne pensions pas à ce que nous devions *craindre*.

Tantôt, au contraire, l'orateur parle de ce qu'il va dire avant de rappeler ce qu'il a dit. Ainsi Bossuet, dans cette phrase où il fait passer le lecteur, du récit du *combat* au tableau de la *victoire* :

Mais la *victoire* va devenir plus terrible pour le duc d'Enghien que le *combat*.

Ces deux transitions ont le premier mérite qui convient à cet élément de la composition littéraire, la brièveté.

Fléchier et Massillon offrent encore d'heureux exemples de transitions oratoires :

Si l'humanité envers les peuples est le premier devoir des grands, n'est-elle pas aussi l'usage le plus délicieux de la grandeur?

—

Pour récompenser tant de vertus par quelque honneur extraordinaire, il fallait trouver un grand roi qui crût ignorer quelque chose et qui fût capable de l'annoncer.

8. De la vivacité. — La *vivacité* est une conséquence presque immédiate de la variété du style; quand par cette variété l'écrivain suit bien le mouvement de sa pensée ou de son émotion. Lisez les lettres de Mme de Sévigné; que de récits, ou plutôt que de tableaux; l'écrivain nous fait voir les choses qu'elle décrit, et cela grâce à la vivacité d'un style qui reflète la vivacité de son imagination.

Un des moyens les plus simples de donner au style de la vivacité, c'est l'emploi des phrases coupées, c'est-à-dire des propositions indépendantes et sans lien grammatical. — Ainsi Fléchier voulant donner une idée de la rapidité des mouvements militaires accomplis par Turenne :

Il passe le Rhin, il observe les mouvements des ennemis, il relève le courage des alliés, il ménage la foi suspecte et chancelante des voisins; il ôte aux uns la volonté, aux autres les moyens de nuire.

9. Du discours direct. — Le *discours direct* est un emploi particulier de la prosopopée; il consiste à ne pas se contenter, dans un récit, de rapporter les paroles d'un personnage, mais à le présenter comme parlant lui-même, et à citer ses paroles comme s'il les prononçait au moment même.

Ainsi Guiraud, joignant l'apostrophe et le discours direct, fait dire au petit Savoyard exilé à Paris; non pas: *Ma mère m'avait dit de réussir et de revenir bientôt;* ce discours indirect serait d'une extrême froideur; au contraire, quelle vivacité dramatique dans ces vers:

Ma mère, tu m'as dit, quand loin de ta demeure
Je partis : Sois heureux et reviens près de moi[1].

10. Règles.

I. *L'harmonie doit être dans les mots, dans la chute des phrases, dans le choix même des sons en rapport avec les choses exprimées.*

II. *La convenance est une qualité générale, très-délicate, et qui est la conséquence d'une connaissance réfléchie du sujet.*

III. *L'unité est le reflet du caractère général d'un écrit ou d'un discours, la variété en fait le charme et la vie.*

IV. *Les transitions doivent être courtes et tirées du sujet.*

V. *La vivacité du style résulte surtout de l'emploi du style coupé et du discours direct.*

1. Voir *Morceaux choisis*, 2e année, page 14.

LEÇON XXIII.

DES QUALITÉS PARTICULIÈRES DU STYLE.

1. DES QUALITÉS PARTICULIÈRES DU STYLE. — 2. DES TROIS GENRES DE STYLE. — 3. DU STYLE SIMPLE. — 4. USAGE DU STYLE SIMPLE. — 5. RÈGLES. — 6. DU STYLE TEMPÉRÉ. — 7. DE LA RICHESSE. — 8. DE L'ÉLÉGANCE. — 9. RÈGLES. — 10. DU STYLE ÉLEVÉ. — 11. DE L'ÉNERGIE ET DE LA VÉHÉMENCE. — 12. DE LA MAGNIFICENCE. — 13. DU SUBLIME. — 14. RÈGLES.

1. Des qualités particulières du style. — Les qualités générales du style sont partout indispensables; partout le langage doit être correct, clair, précis, naturel, noble et harmonieux; rien ne dispense l'orateur ou l'écrivain de ce premier devoir. Mais il est d'autres qualités qui tiennent à la nature même des idées et des sentiments qu'il s'agit d'exprimer, ce sont les *qualités particulières* qui mettent chaque genre de style en harmonie avec le sujet.

2. Des trois genres de style. — Les anciens rhéteurs distinguaient trois genres de sujets et par suite trois genres de styles : le *simple*, le *tempéré*, le *sublime*. Chacun de ces trois tons ou de ces trois styles a des qualités distinctives qui méritent d'être analysées.

Le genre simple, qui convient surtout à la narration, a pour caractères principaux une naïveté de pensée et je ne sais quelle élégance qui se fait plus sentir qu'elle ne paraît.

Il y a un autre genre d'écrire tout différent du premier; il est noble, riche, abondant; il met en usage tout ce que l'éloquence a de plus relevé, de plus fort, de plus capable de frapper les esprits ; ses qualités essentielles sont l'énergie, la magnificence, le sublime. C'est cette éloquence qui enlève et qui ravit l'admiration et les applaudissements.

Enfin, l'on doit reconnaître un troisième genre qui tient le milieu entre les deux autres, qui n'a ni la naïveté du premier, ni l'élévation puissante du second; il a plus de force que l'un et moins de puissance que l'autre; il a, pour qualités propres, l'élégance, la richesse, la finesse; il admet tous les ornements de l'art, la beauté des figures, l'éclat des métaphores, le brillant des pensées, l'agrément des digressions, l'harmonie du nombre et de la cadence. C'est le style tempéré.

3. Du style simple. — Le *style simple* est, comme son nom l'indique, une manière unie d'exprimer et de dire les choses. C'est la forme qui se présente à l'esprit par son mouvement le plus naturel et le plus spontané. Les défauts les moins compatibles avec cette simplicité essentielle du style sont la recherche, l'affectation et l'artifice en quoi que ce soit. Le naturel est la qualité capitale du style simple.

La simplicité n'exclut ni la grâce ni l'élégance au besoin; il faut bien se garder de la confondre avec la platitude qui laisse l'expression au-dessous de l'émotion ou de la pensée qu'elle devrait rendre.

Ainsi Racine a été d'une ravissante simplicité quand il fait dire au jeune Hippolyte surpris lui-même de ne plus se reconnaître :

> Mon arc, mes javelots, mon char, tout m'importune;
> Je ne me souviens plus des leçons de Neptune,
> Mes seuls gémissements font retentir les bois,
> Et mes coursiers oisifs ont oublié ma voix.

Pradon a donné un modèle de platitude dans les vers où il a exprimé les mêmes idées :

> Depuis que je vous vois, j'abandonne la chasse,
> Et quand j'y vais, ce n'est que pour penser à vous.

4. Usage du style simple. — C'est surtout à la narration que le style simple paraît convenir. Il est encore habile de l'employer au début d'une composition. C'est un grand danger et une grande témérité que de débuter aussitôt sur un ton très-élevé; on court presque toujours le risque d'être obligé de s'arrêter et de déchoir. Il n'y a que Bossuet qui puisse commencer comme il fait dans l'oraison funèbre de la reine d'Angleterre et qui soit en état de se maintenir à cette hauteur.

Rollin a dit avec sagesse :

Comme le style simple s'écarte peu de la manière commune de parler, on s'imagine qu'il ne faut pas beaucoup d'habileté pour y réussir ; mais ceux qui ont quelque goût de la vraie éloquence, reconnaissent qu'il n'y a rien de si difficile que de parler avec justesse et solidité, et cependant d'une manière si simple et si naturelle que chacun se flatte d'en pouvoir faire autant.

5. Règles relatives au style simple. — Toutes ces observations se ramènent à cinq règles de bon sens :

I. *Le style simple a pour caractère essentiel le naturel : il exclut toute affectation.*

II. *Il ne faut pas confondre la simplicité avec la platitude.*

III. *La concision consiste à supprimer tout ornement superflu ; mais elle est près de la sécheresse.*

IV. *La naïveté est une qualité qu'il ne faut pas chercher ; elle se rencontre et elle s'ignore elle-même.*

V. *Le style simple exclut les métaphores, les figures trop vives et la préoccupation du nombre oratoire.*

6. Du style tempéré. — Le *style tempéré*, comme l'indique son nom, tient le milieu entre le style simple et le style élevé ; il est, dit Cicéron, une sorte de mélange, de fusion des deux autres. Plus orné que le style simple, moins fort et moins éclatant que le style sublime il sait plaire, et c'est là ce qui fait son mérite et sa force.

Les qualités qui conviennent au genre tempéré sont la *richesse* et l'*élégance*.

7. De la richesse. — La *richesse* du style consiste dans l'abondance des idées, des images et des mots. Elle se manifeste par l'emploi des épithètes, des synonymes, des équivalents et des périphrases ; elle procède volontiers par le redoublement des idées, et même par l'amplification.

Fléchier présente un heureux exemple de richesse dans cette belle définition du courage :

La valeur n'est qu'une force aveugle et impétueuse qui se trouble et se précipite, si elle n'est éclairée et conduite par la probité et par la prudence.

Les épithètes *aveugle* et *impétueuse*, les redoublements *se trouble* et *se précipite*, *éclairée* et *conduite* sont les moyens qui procurent à cette période sa richesse.

8. De l'élégance. — L'*élégance* est une qualité difficile à définir, son nom veut dire choix; elle consiste donc dans un choix d'expressions distinguées; elle résulte de l'union de la justesse avec la noblesse des mots et des tournures.

Une comparaison sera le meilleur moyen de faire sentir les nuances délicates d'un style élégant.

Malherbe et Racan ont tous deux paraphrasé cette pensée d'Horace :

La Mort frappe des mêmes coups la chaumière du pauvre et le palais du roi.

Voici la traduction de Racan :

Les lois de la Mort sont fatales
Aussi bien aux maisons royales
Qu'aux taudis couverts de roseaux.
Tous nos jours sont sujets aux Parques :
Ceux des bergers et des monarques
Sont coupés des mêmes ciseaux.

Celle de Malherbe est bien connue :

Le pauvre en sa cabane, où le chaume le couvre,
Est sujet à ses lois;
Et la garde qui veille aux barrières du Louvre
N'en défend pas nos rois.

Il est aisé de voir pourquoi il y a plus d'élégance dans ces derniers vers. 1° Malherbe commence par une image frappante :

Le pauvre en sa cabane, où le chaume le couvre.

Racan, par des mots communs qui ne font point image et ne peignent rien : *Les lois de la Mort sont fatales; tous nos jours sont sujets aux Parques :* voilà des termes vagues, une diction impropre, des vers faibles.

2° Les expressions de Malherbe sont choisies sans affectation : *cabane* est agréable et vrai, *taudis* est une expression grossière. Enfin, les vers de Malherbe sont bien plus harmonieux que ceux de son rival.

9. Règles relatives au style tempéré. — Les remarques auxquelles le style tempéré fournit occasion peuvent être résumées dans les trois règles suivantes :

I. *Pour donner au style de la richesse, employez les épithètes, les synonymes, les équivalents, le redoublement d'idées et même l'amplification.*

II. *La sobriété doit toujours s'allier à la richesse.*

III. *L'élégance résulte d'un choix d'expressions nobles et harmonieuses.*

10. Du style élevé. — L'homme exalté par la passion sort de lui-même, dépasse la sphère habituelle de ses idées et de ses sentiments. Ce n'est plus le simple et le tempéré qu'il réclame, c'est le *style élevé*, c'est le *sublime*.

La poésie, la philosophie et la religion fournissent les sujets principaux que le style élevé doit revêtir de ses nobles ornements; car il ne convient qu'à ce qui est d'une grandeur vraie et non d'emprunt.

Les qualités distinctives du style élevé sont l'*énergie* et la *véhémence*, la *magnificence* et le *sublime*.

11. De l'énergie et de la véhémence. — L'*énergie* est la force donnée à l'expression de la pensée ou du sentiment; elle résulte de la précision même et de la rapidité de l'expression. — Ainsi Corneille parlant des affranchis qui entourent Galba :

Et tous trois à l'envi s'empressent ardemment
A qui dévorerait ce règne d'un moment.

Rien de plus énergique et de plus descriptif que cette expression *dévorer ;* c'est là ce que Boileau appelait un mot trouvé. Qu'on le remplace par le synonyme *mettrait à profit*, tout l'effet passionné est perdu.

12. De la magnificence. — Le style élevé réclame encore la richesse unie à la grandeur, c'est-à-dire la *magnificence*.

Il est naturel que ce soit l'idée même de Dieu qui ait

fourni aux poëtes et aux orateurs la matière la plus féconde pour un style magnifique. David leur en a donné le premier modèle quand il a dit :

L'Éternel a abaissé les cieux et il est descendu : les nuages étaient sous ses pieds. Assis sur les chérubins, il a pris son vol, et son vol a devancé les ailes des vents.

13. Du sublime. — Le *sublime* est le caractère propre du sentiment ou de l'idée qui elève l'âme au plus haut degré. Un acte, un sentiment, un trait, un mot est sublime, quand il s'empare de l'âme pour la transporter et la ravir hors d'elle-même, pour l'identifier un moment avec l'infini et lui donner le plus vif sentiment de la perfection.

On distingue deux sortes de sublime : le *sublime de pensée*, et le *sublime de sentiment.*

Le *sublime de pensée* consiste dans la grandeur d'une idée exprimée simplement ou revêtue d'images. — Moïse peint en ces termes la création : *Dieu dit : Que la lumière soit, et la lumière fut.* La simplicité même de l'expression rend plus frappant le sublime de la pensée et du fait.

Le *sublime de sentiment* consiste dans une émotion vive et noble qui exalte l'âme et l'élève au-dessus des émotions vulgaires. — Corneille donne un exemple du sublime du patriotisme dans cette réponse du vieil Horace :

Que vouliez-vous qu'il fît contre trois?

HORACE.

Qu'il mourût!

Le sublime de la confiance en Dieu, c'est le vers de Joad menacé de la fureur d'Athalie :

Je crains Dieu, cher Abner, et n'ai point d'autre crainte.

RACINE.

14. Règles relatives au style élevé. — Les réflexions et les exemples qui se rapportent au style élevé peuvent donner lieu aux quatre règles suivantes :

I. *Prendre garde à l'exagération qui est tout près de l'énergie et de la véhémence.*

II. *La magnificence peut résulter de l'énergique simplicité du langage ou de la richesse des développements.*

III. *Le sublime résulte de l'élévation de la pensée ou du sentiment.*

IV. *Se garder de l'enflure et de l'emphase qu'on rencontre souvent lorsqu'on cherche le sublime.*

LEÇON XXIV.

APPENDICE.

DES SUJETS DE COMPOSITION. — OBSERVATIONS GÉNÉRALES.

1. EXERCICE PRÉLIMINAIRE DE STYLE. — 2. OBSERVATION GÉNÉRALE SUR LES COMPOSITIONS LITTÉRAIRES. — 3. TRAVAIL D'INVENTION. — 4. TRAVAIL DE DISPOSITION. — 5. TRAVAIL DE STYLE. — 6. RÈGLES GÉNÉRALES.

1. Exercice préliminaire de style. — Pour les jeunes gens qui veulent écrire, la plus grande difficulté naît précisément de l'embarras qu'ils éprouvent à trouver les mots propres à rendre leur pensée. Lorsqu'une fois une idée a revêtu pour eux une forme, elle leur apparaît comme définitive et immuable. Il leur est presque impossible de trouver une ou deux autres formes entre lesquelles ils choisissent ensuite, ou grâce auxquelles ils donnent à leur diction une variété, une abondance, une richesse qui lui ajoutent du charme et de l'agrément. Un exercice très-simple, très-facile, mais qui a besoin d'être longtemps répété, peut leur procurer à coup sûr cette facilité d'élocution.

Cet exercice consiste à lire avec soin un morceau d'un grand classique, à bien s'en pénétrer en notant même quelques expressions principales, puis à essayer de reproduire les idées et le style de mémoire. Ce premier travail achevé, il faudra comparer le résultat obtenu avec le modèle choisi, c'est un excellent moyen de s'éclairer sur les difficultés de l'art d'écrire et sur les ressources qu'il présente.

Si l'écolier renouvelle cet exercice en variant le caractère des auteurs et des morceaux, et surtout s'il le répète fréquemment en passant de Mme de Sévigné à Pascal, de Bossuet à Molière, il acquerra sans beaucoup de peine une flexibilité remarquable de langage.

2. Observation générale sur les compositions littéraires. — Quel que soit le genre de travail littéraire auquel l'esprit s'applique, il faut observer quelques règles générales de bon sens qui doivent dominer toutes les prescriptions de détail.

Malgré le développement, malgré les détails qu'il peut comporter, tout sujet est un; il est l'exposition d'une pensée qu'on peut résumer en un mot, de même qu'on peut l'amplifier en un ou plusieurs volumes. — Ainsi toute l'*Histoire universelle* de Bossuet n'est que le développement de cette simple proposition : *La suite des faits a pour but l'avènement et la diffusion du christianisme;* tout le *Discours sur le style* de Buffon peut se résumer dans ce mot : *Le génie n'est qu'une longue patience.*

La qualité première d'une composition est donc l'unité, c'est-à-dire la conception bien claire d'un point fixe auquel tous les détails se rapportent et se rattachent.

Cette base une fois posée, le travail qui reste à faire correspond à la division même de l'art d'écrire et se rapporte à l'*invention*, la *disposition*, l'*élocution*.

3. Travail d'invention. — La matière donnée aux écoliers contient, outre l'idée principale, toutes les idées accessoires qu'on peut et qu'on doit y ajouter comme auxiliaires. Le travail de l'esprit consiste donc à reconnaître ces éléments, à bien distinguer l'idée principale des idées secondaires, à se rendre compte de leur valeur respective.

4. Travail de disposition. — Les moyens de développement que le sujet comporte, doivent être disposés dans un ordre de gradation croissante, commençant par les choses les plus simples et les plus faciles à admettre pour s'élever par degrés aux plus difficiles.

Le développement des moyens de persuasion constitue le le corps même, la partie la plus importante de la composition ; il faut y ajouter deux parties accessoires, une introduction et une conclusion.

5. Travail de style. — Une fois maître de son sujet et sachant l'ordre régulier dans lequel les idées doivent être présentées, l'écrivain doit songer à la forme de style qui convient au sujet.

Le style doit avoir un caractère général en harmonie avec le caractère même du sujet, et c'est une chose qu'il faut avoir arrêtée avant tout autre travail. L'esprit bien fixé sur le genre de style qui est le mieux en rapport avec les idées qu'il s'agit de rendre, on doit écrire. Ici l'on réunira les avantages de l'improvisation à ceux de la réflexion en suivant cette marche raisonnable recommandée par le bon sens et l'expérience :

1° Écrire rapidement et au courant de la plume sans se préoccuper d'aucun détail ; ce travail a l'avantage de tirer parti de l'intérêt qu'éveille le sujet et d'employer toutes les inspirations et tous les mouvements que produit la fécondité spontanée de l'esprit.

2° Laisser de côté cette première rédaction pour donner à l'esprit un peu de relâche et lui permettre de se rafraîchir.

3° Reprendre pour le corriger, le travail un moment oublié. Le revoir avec un soin très-scrupuleux, en pesant tous les mots et en se préoccupant des qualités essentielles du style : correction, clarté, précision, naturel, harmonie, et des qualités particulières au style du sujet.

6. Règles générales de composition. — Si générales que soient ces observations sur les compositions littéraires, elles peuvent être résumées en cinq règles assez précises :

I. *Enrichir et assouplir son style par des imitations raisonnées des grands écrivains.*

II. *Saisir et conserver nettement l'unité de son sujet.*

III. *Discerner par l'analyse de la matière toutes les idées accessoires du sujet.*

IV. *Disposer les idées en gradation croissante, rapportant tous les éléments de la composition à trois parties : une introduction, un développement, une conclusion.*

V. *Unir les avantages de l'improvisation à ceux de la réflexion pour un travail méthodique; rédaction très-rapide après un intervalle de repos ; révision très-attentive.*

LEÇON XXV.

DES COMPOSITIONS CLASSIQUES. — DESCRIPTION. TABLEAU.

1. DES MATIÈRES DE COMPOSITION. — 2. DE LA DESCRIPTION. — 3. DU TABLEAU. — 4. MODÈLES DE DESCRIPTIONS ET DE TABLEAUX. — 5. DU PORTRAIT. — 6. RÈGLES.

1. Des matières de composition. — Les sujets les plus simples qui peuvent servir d'exercices élémentaires pour le goût et l'intelligence des jeunes gens sont : la description, le portrait, la narration, la lettre, la fable, l'analyse critique et le développement moral.

Cet ordre répond à la difficulté croissante de ces différentes compositions dont il est utile de fixer les caractères et les règles propres.

2. De la description. — La *description* est la peinture d'un objet. C'est le détail intéressant de tous les traits qui peuvent représenter cet objet. — Ainsi, par l'exactitude et le choix des détails, elle fait connaître un lieu, un accident ; elle cherche à rivaliser avec l'œuvre du dessinateur ou du peintre.

Le but de la description est de produire sur l'imagination du lecteur ou de l'auditeur une impression analogue à celle de la réalité ; la description doit être si vive et si vraie qu'on n'entende plus, qu'on ne lise plus, mais qu'on voie.

Cependant, comme dans la nature l'œil perçoit tous les objets mais n'en discerne et n'en connaît bien réellement qu'une très-petite partie, la qualité la plus importante dans une description est le choix des détails auxquels il convient de s'attacher. La première règle de la description est donc moins de multiplier les traits qui embarrasseraient l'esprit, que de choisir les points qui sont d'une valeur réelle pour la connaissance de l'objet.

Boileau a raillé avec goût l'auteur d'une description prolixe :

S'il rencontre un palais, il m'en dépeint la face,
Il me promène aussi de terrasse en terrasse.
Ici s'offre un perron, là règne un corridor,
Là ce balcon s'enferme en un balustre d'or.
Il compte du plafond les ronds et les ovales,
Ce ne sont que festons, ce ne sont qu'astragales.
Je saute vingt feuillets pour en trouver la fin
Et je me sauve à peine au travers du jardin.
Fuyez de ces auteurs l'abondance stérile
Et ne vous chargez point d'un détail inutile.

Et ailleurs avec non moins de sel et de bon sens :

N'imitez pas ce fou qui, décrivant les mers,
Et peignant, au milieu de leurs flots entr'ouverts,
L'Hébreu sauvé du joug de ses injustes maîtres,
Met pour le voir passer les poissons aux fenêtres ;
Peint le petit enfant qui va, saute, revient,
Et joyeux, à sa mère, offre un caillou qu'il tient :
Sur de trop vains objets c'est arrêter la vue.

Il convient de disposer les détails dans un ordre de gradation ascendante qui rende la peinture de plus en plus intéressante.

3. Du tableau. — La description devient un *tableau*, quand les détails en sont ordonnés en vue d'un effet unique et lorsque, de plus, l'homme vient se mêler au spectacle des choses qui en reçoivent un intérêt tout nouveau. Delille a dit avec raison et avec goût :

Souvent dans vos tableaux placez des spectateurs,
Sur la scène des champs amenez des acteurs :

Cet art de l'intérêt est la source féconde.
Oui, l'homme aux yeux de l'homme est l'ornement du monde;
Les lieux les plus riants sans lui nous touchent peu,
C'est un temple désert qui demande son Dieu.
Avec lui mouvement, plaisir, gaîté, culture;
Tout renaît, tout revit; ainsi qu'à la nature
La présence de l'homme est nécessaire aux arts :
C'est lui, dans vos tableaux, que cherchent nos regards.

Ces observations délicates qui marquent la différence entre la description et le tableau ont été commentées et justifiées par Marmontel dans une excellente étude qui contient l'exemple avec le précepte :

Vous avez à peindre un vaisseau battu par la tempête et sur le point de faire naufrage. D'abord ce tableau ne se présente à votre pensée que dans un lointain qui l'efface; mais voulez-vous qu'il vous soit plus présent, parcourez des yeux de l'esprit les parties qui le composent : dans l'air, dans les eaux, dans le vaisseau même, voyez ce qui doit se passer.

Dans l'air, des vents qui se combattent, des nuages qui éclipsent le jour, qui se heurtent, et de leurs flancs sillonnés d'éclairs vomissent la foudre avec un bruit horrible; dans les eaux, des vagues écumantes qui s'élèvent jusques aux nues, des montagnes d'eau suspendues sur les abîmes où le vaisseau paraît s'engloutir et d'où il s'élance sur la cime des flots; vers la terre, des rochers aigus où la mer va se briser en mugissant; dans le vaisseau, les antennes qui fléchissent sous l'effort des voiles, les mâts qui crient et se rompent; les flancs mêmes du vaisseau qui gémissent et menacent de s'entr'ouvrir.... Voulez-vous rendre ce tableau plus touchant et plus terrible encore, ajoutez un pilote éperdu dont l'art épuisé succombe et fait place au désespoir; des matelots accablés d'un travail inutile et qui, suspendus aux cordages, demandent au ciel avec des cris lamentables de seconder leurs derniers efforts; un héros qui les encourage et qui tâche de leur inspirer la confiance qu'il n'a plus.

4. Modèles de descriptions et de tableaux. — Chateaubriand nous a laissé un modèle ravissant de description dans le petit morceau suivant :

LE NID DE BOUVREUIL.

Nous nous rappelons d'avoir trouvé une fois un nid de bouvreuil dans un rosier; il ressemblait à une conque de nacre contenant quatre perles bleues; une rose pendait au-dessus tout humide. Le bouvreuil se tenait sur un arbuste voisin, comme une fleur de pourpre et d'azur. Ces objets étaient répétés dans l'eau d'un étang avec l'ombrage d'un noyer qui servait de fond à la scène et derrière lequel on voyait se lever l'aurore.

Soit, par exemple, le sujet très-simple du *Lever du Soleil.* Voici comment deux grands écrivains ont traité cette description.

LE LEVER DU SOLEIL.

Sujet. — Vous décrirez l'apparition du soleil, l'effet produit sur toute la nature par le retour de la lumière, et l'impression qu'en ressent le spectateur.

—

Développement. — On le voit s'annoncer de loin par les traits de feu qu'il lance au devant de lui. L'incendie augmente, l'orient paraît tout en flammes : à leur éclat, on attend l'astre longtemps avant qu'il se montre; à chaque instant on croit le voir paraître : on le voit enfin. Un point brillant part comme un éclair, et remplit aussitôt tout l'espace; le voile des ténèbres s'efface et tombe; l'homme reconnaît son séjour et le trouve embelli. La verdure a pris, durant la nuit, une vigueur nouvelle ; le jour naissant qui l'éclaire, les premiers rayons qui la dorent, la montrent couverte d'un brillant réseau de rosée, qui réfléchit à l'œil les lumières et les couleurs. Les oiseaux en chœur se réunissent et saluent de concert le père de la vie : en ce moment pas un seul ne se tait. Leur gazouillement, faible encore, est plus lent et plus doux que dans le reste de la journée; il se sent de la langueur d'un paisible réveil. Le concours de tous ces objets porte aux sens une impression de fraîcheur qui semble pénétrer jusqu'à l'âme. Il y a là une demi-heure d'enchantement auquel nul homme ne résiste : un spectacle si grand, si beau, si délicieux n'en laisse aucun de sang-froid.

—

Me voici sur la hauteur culminante : la matinée est délicieuse, l'air est rempli du parfum des jeunes pommiers. Les prairies rapidement inclinées se déroulent là-bas avec mollesse; elles étendent dans le vallon leur tapis que blanchit encore la rosée glacée du matin. Les arbres qui bordent les rives de l'Indre dessinent sur les prés des méandres d'un vert éclatant que le soleil commence à dorer au faîte. On vient d'ouvrir l'écluse de la rivière; un bruit de cascade qui me rappelle la continuelle harmonie des Alpes s'élève dans le silence. Mille voix d'oiseaux s'éveillent à leur tour. Voici la cadence voluptueuse du rossignol; là, dans le buisson, le cri moqueur de la fauvette; là-haut, dans les airs, l'hymne de l'alouette ravie qui monte avec le soleil. L'astre magnifique boit les vapeurs de la vallée et plonge son rayon dans la rivière, dont il écarte le voile brumeux. Le voilà qui s'empare de moi, de ma tête humide, de mon papier; il me semble que j'écris sur une table de métal ardent. Tout s'embrase, tout chante; les coqs s'éveillent mutuellement et s'appellent d'une chaumière à l'autre; la cloche du village sonne l'Angélus; un paysan qui recèpe sa vigne au-dessous de moi pose ses outils et fait le signe de la croix. A genoux, ami, où que tu sois, à genoux ! prie pour ton frère qui prie pour toi.

5. Du portrait. — La description peut s'appliquer aux personnes aussi bien qu'aux lieux, aux choses et aux circonstances; le *portrait* est la peinture animée des personnes mises en action.

Lors même que le portrait ne présente que les traits extérieurs du visage, il doit cependant éveiller l'idée des dispositions morales de la personne. Tel est ce portrait d'Alexandre tracé par Barthélemy. C'est le jeune Anacharsis qui parle :

Je vis alors cet Alexandre qui depuis a rempli la terre d'admiration et de deuil. Il avait dix-huit ans et s'était déjà signalé dans plusieurs combats. A la bataille de Chéronée, il avait enfoncé et mis en fuite l'aile droite de l'armée ennemie. Cette victoire ajoutait un nouvel éclat aux charmes de sa figure. Il a les traits réguliers, le teint beau et vermeil, le nez aquilin, les yeux grands, pleins de feu, les cheveux blonds et bouclés, la tête haute, mais un peu penchée vers l'épaule gauche; la taille moyenne, fine et dégagée, le corps bien proportionné et fortifié par un exercice continuel. On dit qu'il est très-léger à la course et très-recherché dans sa parure.

Quelle démonstration plus convaincante de l'admirable charité de Fénelon et de la toute-puissance de la douceur, que ces deux portraits de son jeune élève le duc de Bourgogne. Saint-Simon pouvait-il faire en des termes plus éloquents l'éloge de son immortel ami :

M. le duc de Bourgogne naquit terrible, et sa première jeunesse fit trembler. Dur et colère jusqu'aux derniers emportements et jusque contre les choses inanimées, impétueux avec fureur, incapable de souffrir la moindre résistance, même des heures et des éléments sans entrer dans des fougues à faire craindre que tout ne rompît dans son corps, opiniâtre à l'excès, passionné pour tous les plaisirs.... Souvent farouche, naturellement porté à la cruauté, barbare en raillerie, saisissant les ridicules avec une justesse qui assommait; de la hauteur des cieux, il ne regardait les hommes que comme des atomes avec qui il n'avait aucune ressemblance, quels qu'ils fussent; à peine MM. ses frères lui paraissaient-ils intermédiaires entre lui et le genre humain....

De cet abîme sortit un prince affable, doux, humain, modéré, patient, modeste, et quelquefois au delà de ce que son état pouvait comporter : humble, austère pour soi. Tout appliqué à ses devoirs en les comprenant immenses, il ne pensa plus qu'à allier les devoirs de fils et de sujet avec ceux auxquels il se voyait destiné.

La Fontaine a de même fait valoir, grâce à un effet de contraste, la noblesse des sentiments et du langage dans son *Paysan du Danube*, opposée à la peinture de sa physionomie grossière [1]:

. . . . Voici
Le personnage en raccourci :
Son menton nourrissait une barbe touffue;
Toute sa personne velue
Représentait un ours, mais un ours mal léché :
Sous un sourcil épais il avait l'œil caché,
Le regard de travers, nez tortu, grosse lèvre,
Portait sayon de poil de chèvre,
Et ceinture de joncs marins.

6. Règles. — Autant qu'il est possible de fixer par une formule rigoureuse les nuances qui viennent d'être indiquées, elles se résument dans les cinq règles suivantes :

I. *Joindre à l'exposé des faits la peinture des choses, des lieux et des personnes.*

II. *Le portrait ou tableau des traits et du caractère donne la vie et l'intérêt à la narration.*

III. *La description des lieux vient fournir le cadre et le fond même du tableau.*

IV. *Choisir avec soin le point de vue le plus avantageux pour l'effet qu'on se propose.*

V. *Éviter la diffusion et les détails superflus qui nuisent au lieu de servir.*

1. Voir *Morceaux choisis*, 3e *année*, page 122.

LEÇON XXVI.

DE LA NARRATION.

1. DE LA NARRATION. — 2. DE LA CLARTÉ. — 3. DE LA VRAISEMBLANCE. 4. DE LA BRIÈVETÉ. — 5. DE L'INTÉRÊT ET DE L'AGRÉMENT. — 6. MODÈLE DE NARRATION. — 7. RÈGLES DE LA NARRATION.

1. De la narration. — La *narration* est la peinture d'une action. Elle se distingue de la description et du tableau par le mouvement dramatique dont elle ne saurait se passer. En effet toute narration est comme un drame qui a son nœud. ses péripéties et son dénoûment. Il importe donc de commencer par reconnaître et discerner ces parties, en faisant l'analyse raisonnée de son sujet.

La clarté est une qualité indispensable surtout dans l'exposition, la vivacité convient aux péripéties, la vraisemblance est la qualité principale du dénoûment.

Au-dessus de toutes ces recommandations domine le soin de la brièveté, condition essentielle d'intérêt pour tout récit.

Soyez vif et pressé dans vos narrations.

BOILEAU.

C'est par là que le narrateur entraîne son lecteur jusqu'au dénoûment, sans fatigue et sans ennui.

Ainsi les qualités de la narration se ramènent à cinq : la clarté, la vraisemblance, la brièveté, l'intérêt et l'agrément.

2. De la clarté. — La *clarté* est essentielle à la narration qui pose le fait qu'il s'agit de faire connaître et dont l'obscurité pourrait compromettre tout succès.

Il faut, dit Quintilien, marquer les événements, leurs détails, les temps, les lieux, les personnes si clairement qu'on en forme un tableau où l'esprit distingue tous les objets sans jamais les confondre.

L'ordre réel ou probable des faits et des temps est d'ordinaire le meilleur moyen de donner au récit beaucoup de clarté.

3. **De la vraisemblance.** — La *vraisemblance*, c'est-à-dire la réunion de toutes les apparences de la vérité, est nécessaire pour provoquer la confiance de ceux auxquels nous parlons. Elle naît des mêmes sources que la clarté, c'est-à-dire des circonstances de temps et de lieu, de l'accord constant entre le caractère et les actes des personnes mises en scènes.

4. **De la brièveté.** — La narration est courte, quand elle ne dit que ce qu'elle doit dire; il ne s'agit pas de la renfermer en peu de paroles, il s'agit de ne rien dire qui soit superflu. Ainsi, un récit de deux pages est court, s'il ne contient que ce qui est nécessaire, au lieu qu'un récit de vingt lignes est long, s'il contient des détails inutiles. Les *Plaideurs* offrent un excellent exemple d'un récit trop long, bien que formé de propositions très-courtes :

> Voici le fait. Un chien vient dans une cuisine,
> Il y trouve un chapon, lequel a bonne mine;
> Or, celui pour lequel je parle est affamé,
> Celui contre lequel je parle *autem* plumé,
> Et celui pour lequel je suis prend en cachette
> Celui contre lequel je parle. L'on décrète
> On le prend. Avocat pour et contre appelé,
> Jour pris, je dois parler, je parle, j'ai parlé!

L'Intimé fait trop précipitamment un récit trop long.

C'est une confusion commune de croire qu'on abrége parce qu'on dit beaucoup de choses avec très-peu de mots : abréger c'est supprimer tous les détails inutiles et dire ce qui est essentiel avec autant de mots qu'il convient.

La brièveté ne consiste pas à être le plus court possible, ce serait du laconisme et de la sécheresse; elle consiste à ne dire que ce qu'il faut et surtout à ne pas reprendre les choses de trop loin.

Celui-là n'abrége pas qui, au lieu de dire : *Mon ami n'était pas chez lui*, dit : J'approche de la maison; j'appelle un serviteur; il me répond; je lui demande son maître; il m'assure qu'il n'y est pas. Que de détails inutiles, et comme la concision du langage est différente de la brièveté du récit.

Mais Quintilien ajoute avec raison que pour être courte la narration ne doit pas être privée d'ornements; autrement elle serait sans art. L'agrément du récit est une séduction ; ce qui plaît paraît moins long : un chemin riant et d'une pente douce, quoique plus long, fatigue moins qu'un chemin plus court, mais rude et escarpé.

5. De l'intérêt et de l'agrément. — La narration est intéressante lorsqu'elle éveille l'émotion dans l'âme de celui qui écoute ou qui lit. Cette qualité résulte des trois autres. Une narration appropriée au sujet, claire, vraisemblable et courte ne peut guère manquer d'être intéressante, dans la mesure que comportent les faits racontés. Cependant si de plus l'émotion du narrateur est manifestée avec discrétion par quelques mots et quelques traits, elle provoquera plus facilement l'émotion de l'auditoire et du lecteur.

Mais ici la mesure et le goût sont de grande importance, car la sobriété et une émotion contenue seront plus puissantes que les cris et les grands mouvements.

6. Modèle de narration. — Voici par exemple un sujet de narration historique, traité avec une vivacité d'imagination très-remarquable par un candidat à l'École militaire de Saint-Cyr :

LE TOURNOI DE MONTENDRE.

Sujet. — Au commencement de l'année 1402, le sénéchal de Saintonge fit connaître à la cour du roi Charles VI, à Paris, la requête de sept chevaliers anglais qui portaient défi aux chevaliers de France. Sept gentilshommes de la maison du duc d'Orléans, alors régent du royaume, demandèrent et obtinrent l'honneur de relever le gant : c'étaient le sire de Barbazan, le sire Duchâtel, Guillaume Bataille, Guillaume de la Champagne, Yvon de Kérouïs, Archambaud de Villars et Pierre de Bréban. Ils désignèrent Montendre, près Bordeaux, pour le lieu du combat et choisirent pour chef le plus fameux d'entre eux, le seigneur de Barbazan.

Le 19 mai, au matin, les deux petites troupes se trouvèrent en présence : le sénéchal présidait la lutte. Deux Anglais sont étendus morts aux pieds de leurs adversaires; Barbazan passe son épée au travers du corps du seigneur Scales, le chef des Anglais; le reste de ceux-ci fut forcé de rendre les armes.

Le sénéchal ayant ramené les vainqueurs à Paris, ils furent présentés au roi, qui les combla de présents.

Développement. — La foule court et se presse; hommes d'armes, bourgeois, nobles et serfs, c'est à qui arrivera le premier. S'agit-il donc d'une fête? Il s'agit de mieux que cela. La France et l'Angleterre, représentées par sept chevaliers chacune, se sont donné rendez-vous à Montendre, et ce sont les Anglais qui ont porté le défi.

Ils ont vu le roi Charles VI insensé, les princes rivaux, tout le royaume en deuil, la tristesse dans les châteaux et dans les chaumières; ils ont cru qu'ils auraient bon marché de l'honneur français. Sept d'entre eux, Scales en tête, ont défié la noblesse de France; ils doivent se battre contre tout venant. Notre noblesse leur a envoyé Barbazan, Duchâtel, Guillaume Bataille, Guillaume de la Champagne, Yves de Kérouïs, Archambaud de Villars et Pierre de Bréban. Par Montjoie et Saint-Denis! elle peut dormir en paix; si ceux-là sont vaincus, ils sauront mourir avec gloire, et je vous jure que leur rançon n'ira pas grossir les trésors de l'Angleterre.

C'est le sénéchal de Saintonge qui préside le combat. La rencontre a été publiée avec la pompe accoutumée; tout se passe comme aux plus grands jours. Le peuple attend; les dames se penchent pâles d'anxiété. Gardes du camp, laissez aller! Voici les deux troupes; elles se mesurent du regard avant de se mesurer avec le fer. Barbazan commande les nôtres; Scales guide ceux d'Albion.

Quel choc! la terre a tremblé; les chevaux, cachés sous l'acier, ont compris l'ardeur de leurs maîtres. Ils ont bondi, ils se sont heurtés avec un bruit semblable à celui des grandes vagues contre les rochers. Les lances se sont brisées contre les boucliers, mais pas un chevalier n'a perdu les arçons; ils sont tous fermes en selle, portant ou parant des coups terribles. Dieu de la France, nous abandonnerais-tu? Je vois nos champions perdre du terrain. Mais non! ils ne sont pas inférieurs à leurs adversaires. Ah! bravo! surtout à toi, Barbazan, à toi, Yves de Kérouïs; que dis-je, à vous tous, tenants du lis.

Mais voici déjà un long temps écoulé, et rien de décisif encore. Les coursiers sont hors d'haleine; les bras ne supportent plus avec la même force les lourdes haches d'armes; les éclairs du fer frappant le fer sont plus rares et moins terribles. Chevaliers, il n'y a pas de honte à faire trêve, quand la trêve doit être suivie d'un nouveau combat. L'assistance vous invite à prendre un instant de repos.

Ils obéissent; mais au bout de quelques minutes, les cris de guerre retentissent de nouveau : Barbazan, à la rescousse! Scales, Scales, mort aux Français! Ah! foi de héraut d'armes, voilà un glorieux combat!

Les armures cèdent sous les coups; plusieurs guerriers combattent le visage découvert; le sang commence à rougir l'arène. Le silence devient de plus en plus solennel. Mais quoi! Barbazan jette sa hache; serait-ce qu'il s'avoue vaincu? Barbazan demandant merci; voilà de quoi faire pleurer toute la France, qui verse déjà des larmes amères.

Scales, terrible Scales, si tu l'as cru, te voici détrompé. L'élève de Duguesclin n'a jeté sa hache que pour recourir à son épée; et quand Barbazan frappe d'estoc, malheur! En effet, Scales mord la poussière. Imitant leur chef, Yves de Kérouïs et Guillaume Bataille se défont de leurs adversaires. Un long cri s'élève dans l'espace, c'est le cri de la France victorieuse.

Mais peut-être, se rappelant le héros de Rome, les Anglais qui restent vont-ils réparer par la ruse l'avantage qu'ils viennent de perdre. Ah! par Montjoie et Saint-Denis, on va bien rire au Louvre, et frapper du poing dans la Tour de Londres. Ces fameux porteurs de défi demandent grâce; ils se rendent. C'était bien la peine de tant parler de vos dames et de les mettre au-dessus des nôtres, messeigneurs; nous doutons fort qu'elles vous sachent gré de vous conserver pour elles avec tant de soin.

Et toi, France attristée par la folie de ton roi et les désordres de ta reine, relève la tête. Tu n'es point morte encore : Barbazan remplace le digne connétable, Yvon et ses compagnons trouveront des imitateurs. Quoi qu'il advienne, ô mon pays ! ne te décourage pas. Tu pourras d'abord avoir le dessous; mais tu saisiras ton épée, et attaquant corps à corps tes ennemis, ou tu les chasseras du territoire, ou tu leur feras mordre la poussière.

7. Règles de la narration. — Tous les conseils relatifs à la narration peuvent être résumés en quatre règles pratiques.

I. *Distinguer dans un sujet de narration un nœud, des péripéties, un dénoûment.*

II. *Au nœud conviennent la clarté et la brièveté; aux péripéties, l'intérêt; au dénoûment, la vraisemblance.*

III. *Suivre l'ordre des temps; mettre les faits d'accord entre eux et avec le caractère des personnes; ne prendre que les faits essentiels.*

IV. *L'intérêt que ressentira le lecteur sera la conséquence de l'intérêt que le narrateur prendra lui-même aux faits qu'il expose.*

LEÇON XXVII.

DE LA LETTRE.

1. DE LA LETTRE. — 2. CONSEILS GÉNÉRAUX. — 3. DES QUALITÉS ESSENTIELLES DU STYLE ÉPISTOLAIRE. — 4. DU RAPPORT OU LETTRE D'AFFAIRES. — 5. MODÈLES DE LETTRES DIVERSES. — 6. RÈGLES.

1. De la lettre. — La *lettre* est une conversation écrite. L'objet qui a fait inventer les lettres en fixe le caractère général : la lettre est le moyen d'informer les absents de ce qu'il leur importe d'apprendre ou de ce que nous avons intérêt à leur faire savoir. Elle doit donc être l'expression la plus claire possible du sentiment et de la pensée; il faut écrire comme on parle, étant admis qu'on parle d'une façon correcte et avouée par la grammaire et par le bon goût.

2. Conseils généraux. — Saint Grégoire a marqué les caractères généraux du style épistolaire dans une lettre qui réunit l'exemple au précepte; il résume sous une forme charmante toutes les règles du genre :

Vous me demandez comment on doit écrire une lettre : voici, mon cher Nicobule, quelques observations dont vous pourrez faire votre profit.

Il est des gens qui, dans leurs lettres, vont toujours devant eux sans savoir où s'arrêter; d'autres, au contraire, affectent un laconisme déplacé : c'est ce qui s'appelle tirer au delà ou en deçà du but, et s'écarter du juste milieu qui consiste à se régler sur le besoin. Avez-vous beaucoup de choses à dire? Vous feriez mal de vous resserrer dans un espace trop étroit. Un mot suffit-il pour rendre votre pensée? Épargnez-moi des détails superflus, et partant peu agréables. On doit mesurer la longueur ou la brièveté d'une lettre sur ce qui en fait le sujet.

Ce n'est pas assez d'être précis, il faut sur toutes choses être clair : une lettre n'est pas une énigme; mieux vaudrait être un peu causeur que d'être obscur en visant à la brièveté. En un mot, une lettre écrite avec la clarté convenable, une lettre bien écrite est celle qui, entendue de l'ignorant comme de l'homme instruit, plaît à tous deux également.

Une troisième qualité, c'est la grâce. Sans elle, une lettre est sèche, triste, monotone; par elle, au contraire, le style s'égaye et coule avec douceur. Maximes piquantes, proverbes cités à propos, petites anecdotes, suspensions badines, saillies ingénieuses, la lettre admet tout ce qui peut réveiller l'esprit; mais toutefois sans affectation. La pourpre ne s'emploie qu'en bordure, et la lettre ne souffre qu'une élégance sans apprêt. Le style figuré n'y est de mise qu'à cette condition qu'il se montrera rarement et avec modestie. Nous laisserons aux rhéteurs les apostrophes, les antithèses, les membres de phrases distribués avec symétrie; ou si parfois il nous prend envie de leur emprunter cet appareil, que ce soit en nous jouant. Je ne puis mieux finir que par ce trait d'un apologue : « Autrefois les oiseaux se disputant la royauté, et chacun s'empressant d'orner son plumage, l'aigle seul jugea que sa plus belle parure était de n'en point avoir. » La plus belle lettre, à mon avis, est celle qui tire toute sa parure de la manière simple, aisée, naturelle, dont elle est écrite.

Telles sont, je crois, les qualités du style épistolaire. Ce que je puis avoir omis vous sera suggéré par vos propres réflexions, ou fourni par les maîtres habiles que vous entendez tous les jours.

3. Des qualités essentielles au style épistolaire. — Comme le domaine du genre épistolaire est à peu près illimité, ce genre comporte toutes les formes de style; ce n'est donc pas un exemple, ce sont dix modèles qu'il en faudrait donner sans avoir la prétention d'épuiser un sujet inépuisable.

Les observations indiquées dans la lettre qui précède peuvent être rendues plus précises en quelques mots :

La simplicité de la lettre exclut cette emphase contre laquelle Mme de Maintenon réclamait avec esprit :

Je suis fort touchée de ces sentiments et ce sont des vertus; mais il fallait le dire sans chercher des termes plus propres à une déclamation qu'à une lettre.

Mme de Sévigné a dit de même avec l'autorité du goût le plus délicat :

Il faut un peu, entre bons amis, laisser trotter les plumes comme elles veulent; la mienne a toujours la bride sur le cou.

Elle exclut également cette négligence qui va jusqu'au jargon et à la trivialité.

L'aisance est le vrai caractère du style épistolaire; elle comprend l'enjouement et l'urbanité, et résulte du choix des mots et des tournures les plus faciles, auxquels s'unit une bonne grâce qui dissimule tout travail : le premier soin de l'art est de se cacher; en lisant une lettre chacun doit s'imaginer qu'il l'eût écrite ainsi.

La bienséance consiste dans l'art délicat de mettre le langage en harmonie avec le sujet et avec le personnage auquel la lettre est adressée.

La plaisanterie doit être ménagée, limitée par cette réflexion qu'elle porte souvent avec elle un soupçon de malignité : Diseur de bons mots, mauvais cœur.

Le naturel passe par-dessus tout; Mme de Sévigné écrivait :

Soyez vous et non autrui; votre lettre doit m'ouvrir votre âme et non votre bibliothèque.... Vous feriez de vos lettres des pièces d'éloquence; cette pure nature est précisément ce qui est beau et ce qui plaît uniquement.

4. Du rapport ou lettre d'affaire. — Le *rapport* n'est qu'une lettre d'affaire d'une nature déterminée.

Son mérite est de dire clairement ce qu'il faut et rien de plus : la sobriété est donc son premier devoir. Entrer en matière sans préambule; passer d'un point à l'autre sans transition en suivant l'ordre le plus propre à produire la clarté ; conclure très-brièvement, tel est le programme que doit se proposer le rédacteur d'un rapport ou d'un compte rendu.

Modèle de rapport.

DÉVOUEMENT D'ANDRÉ THILLET.

Sujet. — L'an 1811, en Portugal, le maréchal Masséna reçut de l'Empereur l'ordre de faire sauter la place d'Almeyda; mais il fallait communiquer cet ordre au général Brennier, étroitement bloqué par une armée de cent mille Anglais, Portugais et Espagnols.

Sur la demande du maréchal, quatre hommes se présentèrent pour porter cet ordre; parmi eux André Thillet.

André Thillet mit quatre jours à faire trois lieues, se cachant le jour et se traînant la nuit. Enfin il culbuta le dernier factionnaire anglais, et, sous une grêle de balles, il parvint jusqu'au général Brennier.

A minuit, la place sauta et la garnison française rejoignit l'armée en ramenant Thillet.

L'impression de ce fait fut si profonde que le colonel anglais Bevan se brûla la cervelle.

On accorda à André Thillet une dotation de six mille francs, qu'il n'a jamais reçue.

—

Développement. — Dans l'année 1811, l'armée française, commandée par le maréchal Masséna, occupait le Portugal; le chef du gouvernement avait prescrit de mettre la place d'Almeyda en état de sauter au premier ordre qui en serait donné; mais la retraite fut plus prompte qu'on ne s'y était attendu, et quand l'ordre arriva, Almeyda était bloqué par les Anglais.

Afin d'exécuter l'ordre de Napoléon, le maréchal Masséna livra bataille : nous ne fûmes pas assez heureux pour débloquer Almeyda.

Cependant l'ordre de faire sauter cette place était impératif. L'armée française n'était qu'à trois lieues d'Almeyda; le pays entre-deux est couvert de rochers; sur cet espace et dans ces rochers était établie une armée de cent mille Anglais, Portugais et Espagnols, et de plus, une population nombreuse qui y avait cherché un refuge. La place d'Almeyda, qui a peu de développement, était étroitement bloquée : le général Brennier, qui y commandait, avait tout préparé pour faire sauter les fortifications : les mines étaient chargées, mais il attendait l'ordre d'y mettre le feu.

Le maréchal Masséna fit demander des hommes de bonne volonté pour aller à Almeyda : quatre soldats se présentèrent. Sur les quatre, trois ont péri; un seul reste, c'est André Thillet.

André Thillet mit trois jours et trois nuits à faire le trajet; il ne voulut point se travestir, de peur d'être pendu comme un vil espion. Il se cachait pendant le jour; il se traînait plutôt qu'il ne cheminait pendant la nuit; tantôt il tombait au milieu d'un bivouac des ennemis, et, pour éviter d'être reconnu, il se mettait à ronfler avec eux; tantôt il rencontrait des familles espagnoles réfugiées dans les cavernes, et c'était alors qu'il fallait de la présence d'esprit pour échapper au plus grand des dangers.

Le troisième jour, Thillet arriva au dernier cordon devant Almeyda; il s'élança sur le dernier factionnaire anglais, le culbuta et courut à la barrière de la place sous une grêle de balles tirées par les troupes du cordon et par la garnison; heureusement aucune de ces balles n'atteignit ce brave : il remit l'ordre au général Brennier.

A minuit, la place d'Almeyda sauta en l'air. Le général Brennier, avec son excellente garnison, enfonça la ligne anglaise du blocus, rejoignit l'armée française et nous ramena André Thillet.

Cet événement, dont il n'y a pas d'exemple dans l'histoire des temps modernes, fit une profonde impression sur les Anglais. Le colonel Bevan, qui commandait la portion de ligne qui fut enfoncée, ne put résister à la douleur qu'il éprouva d'un événement si inattendu et se brûla la cervelle.

On accorda à André Thillet une dotation de six mille francs de rente sur les domaines que le gouvernement français s'était réservés dans la Castille. Thillet n'a jamais rien reçu, et il n'a pas même eu la gratification accordée aux donataires dépossédés.

5. Lettres diverses. — *Lettres de demande.* Le ton d'une demande doit être simple et en rapport avec le rang de la personne à laquelle on s'adresse et de la qualité de celle qui prie. Quelquefois il ne sera pas inutile de louer avec finesse et mesure, de marquer l'importance de la grâce que l'on demande et de peindre la reconnaissance que l'on en conservera :

M. de Villars à Madame de Maintenon.

Madame, j'ai pris la liberté, en partant, de vous supplier d'être favorable à une sœur que j'ai, religieuse à Vienne, depuis plus de trente ans... Je regarderai comme un très-sensible bonheur pour moi, de voir cette sœur que j'aime fort, abbesse de Chelles. Le roi récompense le gain des batailles : ne pourrait-il pas récompenser aussi le succès des prières? Personne n'a plus d'envie de vaincre que moi ; et personne ne prie avec plus de zèle que ma sœur pour la prospérité des armes de Sa Majesté.

Lettres de remercîments. — Ces lettres s'imposent comme un devoir à celui qui a reçu un bienfait. Elles doivent être dictées par le cœur. La nature de la grâce reçue, les circonstances obligeantes qui ont pu l'accompagner, règleront le ton qui doit être respectueux sans bassesse.

M. Tallard à Madame de Maintenon.

Madame, recevez, s'il vous plaît, ici, mes très-humbles remercîments du mot que vous me fîtes l'honneur de me dire hier. Rien n'égale vos bontés; rien n'égale ma reconnaissance. Vous m'avez accordé votre protection pour me faire chevalier de l'ordre ; j'en ai ressenti les effets quand j'ai été duc. Vous achèverez, Madame, quand il vous plaira, de me mettre au rang de mes camarades. Pour moi, je ne songerai toute ma vie qu'à marquer au roi et à vous, la reconnaissance de ce que je dois à l'un et à l'autre ; trop heureux, Madame, si vous êtes aussi persuadée de mes sentiments que je le mérite.

Lettres de félicitation. — La lettre de félicitation adressée à un ami est facile à écrire, parce qu'on se réjouit réellement avec lui. Celles qu'on adresse à un supérieur demandent beaucoup d'adresse pour rajeunir ces lieux communs : le mérite de la personne, la justice qui lui a été rendue, les espérances qu'elle peut concevoir pour l'avenir, et l'intérêt qu'on prend à tout ce qui la regarde. Ces sortes de lettres doivent êtres courtes :

Le P. Brumoi au cardinal de Gèvres.

Il n'est ici question, Monseigneur, que de votre nouvelle dignité; tout parle de vous nuit et jour : jusqu'aux fifres, aux tambours aux cloches même qui, je vous jure, ont réveillé bien d'honnêtes gens en votre honneur : connu ou non connu, chacun vous félicite à sa manière. Souffrez donc, Monseigneur, qu'un inconnu se mêle au concert de la joie publique.

Lettres de condoléance. — Ces lettres exigent un style grave et sérieux. Comme la tristesse aime à se nourrir de sa douleur, on peut louer l'objet qui fait couler les larmes, sans craindre de réveiller ou d'aigrir le mal. Quelques réflexions de piété seront très-bien placées dans ces lettres, pourvu qu'elles ne soient pas longues. Combien de peines et de revers dans lesquels la religion seule peut ranimer nos forces et relever notre courage.

Madame *de Sévigné* écrit à M. de Grignan sur la mort de son oncle l'archevêque d'Arles :

Mon cher comte, recevez ici mon compliment. Vous avez été tendrement aimé de ce cher oncle : il aimait son nom, sa maison. Il avait raison, elle en vaut la peine. Je vous plains de n'avoir plus à honorer tant de mérites, tant de qualités respectables. Voilà cette première face passée ; nous irons après, mon cher comte. En attendant, je vous embrasse en pleurant comme si j'avais l'honneur d'être de votre nom.

Lettres de recommandation. — Dans ces lettres, on réclame en faveur d'un autre la protection dont un homme en place nous honore, ou l'affection qu'un ami nous a vouée. On ne saurait trop montrer l'intérêt que l'on prend à la personne pour laquelle on demande quelque chose, et dont il faut bien indiquer tous les talents et tous les mérites :

Cicéron à l'édile Cœlius en faveur de Fabius.

Je suis intimement lié avec M. Fabius. C'est un homme à la fois très-vertueux et très-instruit; et sa rare modestie, aussi bien que l'étendue de son esprit et de ses connaissances, me le rend extrêmement cher. Je vous prie de donner à son affaire le même soin que si c'était la mienne. Je vous connais, vous autres avocats à grandes causes : pour avoir droit à votre protection, il faut avoir au moins tué un homme.

Mais pour ce qui regarde Fabius, je ne reçois point d'excuses. Si vous m'aimez, vous quitterez tout lorsqu'il aura besoin de vos services.

6. Règles —Les sujets qui peuvent être traités par lettres sont si multipliés et si divers qu'il faut renoncer à donner des règles ainsi que des modèles de tous les genres. Les observations et les exemples qui précèdent peuvent donner lieu à quatre règles pratiques :

I. *La lettre doit être simple, claire et naturelle.*

II. *Elle exclut dans les sentiments toute exagération.*

III. *Elle doit faire honneur au caractère de celui qui écrit et aux dispositions de la personne à laquelle elle est adressée.*

IV. *Le style doit être également éloigné et de l'emphase et de la trivialité.*

LEÇON XXVIII.

DE LA FABLE ET DU DIALOGUE.

1. DE LA FABLE. — 2. MODÈLE DE FABLE. — 3. RÈGLES RELATIVES A LA FABLE. — 4. DU DIALOGUE. — 5. MODÈLE DE DIALOGUE. — 6. RÈGLES RELATIVES AU DIALOGUE.

1. De la fable. — La *fable* est le récit d'une action imaginée comme preuve à l'appui d'une vérité morale.

La vérité,
Pour s'attirer un accueil favorable,
Prend souvent les habits et le nom de la fable,
Et son langage est écouté.

La Fontaine a défini la fable *une comédie à cent actes divers*. En effet, pour donner une leçon et la rendre plus expressive et plus facile à comprendre, la fable fait parler des animaux, des plantes, des hommes, ou même des êtres imaginaires, comme la Fortune ou la Vérité.

Le naturel et la simplicité sont les qualités indispensables de cette petite composition ; les animaux ont reçu de la nature un caractère que l'écrivain doit respecter dans ses fictions, s'il veut exciter l'intérêt.

Le dialogue est le moyen le plus sûr de donner de l'intérêt à ce récit par la forme dramatique qui met l'action sous les yeux d'une façon plus vive et plus frappante.

Enfin la morale doit ressortir bien clairement des paroles et des actions prêtées aux personnages ; c'est le dénoûment de la comédie qui vient d'être jouée. Tous les détails doivent concourir à l'effet moral, mais sans pédantisme ; il faut unir la finesse et la naïveté :

> Une morale nue apporte de l'ennui ;
> Le conte fait passer le précepte avec lui :
> En ces sortes de feinte il faut instruire et plaire.

Toutes les observations relatives au style simple se rapportent d'une façon plus particulière à la fable ; mais la lecture et la méditation d'une fable de La Fontaine seront toujours la meilleure préparation à ce travail littéraire.

2. Modèle de fable. — La morale de la fable de la Fontaine, *la Cigale et la Fourmi*, est assez peu conforme aux sentiments d'humanité et de charité chrétienne ; on peut donc lui supposer une suite assez instructive.

SUITE DE LA CIGALE ET LA FOURMI.

Sujet. — Rebutée par la fourmi, la cigale s'éloignait tristement, quand elle rencontra son cousin le taupe-grillon, qui émigrait pour l'Amérique et lui laissait une taupinière bien approvisionnée.

Quelques jours après, un grand orage ayant ravagé la campagne, les magasins de la fourmi furent inondés, tandis que l'asile souterrain de la cigale ne fut pas atteint. Errante et sans ressources, la fourmi vint implorer un secours que la cigale ne lui refusa pas, lui rappelant, pour toute vengeance, cette vérité :

> Il ne se faut jamais moquer des misérables,
> Car qui peut s'assurer d'être toujours heureux?

—

Développement. — Vous connaissez tous l'appel fait par la cigale à la compassion de la fourmi ; vous savez avec quelle sécheresse railleuse la rude ménagère éconduit son imprévoyante voisine ; l'histoire a, dit-on, une suite non moins instructive et plus consolante ; cette suite, la voici :

Triste, honteuse, humiliée, la pauvre cigale allait mourir de froid et de faim, quand, fort à propos, elle se souvint que son cousin le taupe-grillon, épris d'un soudain désir de voir du pays, venait d'émigrer pour l'Amérique, laissant une taupinière bien garnie de toutes ses provisions d'hiver. Pensez si la cigale s'empressa de s'y installer; elle y courut d'autant plus vite que l'orage menaçait, et quel orage! un déluge qui ravagea tous les champs d'alentour. Soigneusement calfeutrée dans son asile souterrain, la cigale laissa passer la bourrasque qui fut aussi longue que terrible.

Malgré tous ses efforts, la fourmi, sa voisine, vit sa demeure envahie par l'eau, ses magasins noyés, ses grains emportés par le courant, toutes ses provisions détruites, ses espérances anéanties; à grand'peine elle échappa.

Le calme revenu, il fallait souper: plus rien, ni au grenier, ni dans l'armoire. Mendier, quelle honte! quelle humiliation! Mais la faim fait sortir le loup du bois; la fourmi se traîna jusqu'à la porte de son voisin le taupe-grillon. Elle appelle; aussitôt paraît la cigale: « Ah! c'est vous, madame la fourmi; que cherchez-vous à pareille heure? » La fourmi aurait bien voulu se retirer sans répondre; mais la nuit approchait. « Je n'en puis plus, dit-elle, je suis épuisée de fatigue et de faim; j'ai tout perdu dans le dernier orage; mes magasins ont été dévastés et détruits. — Mais que faisiez-vous cependant? — J'ai eu tant de peine à me sauver moi-même! courant au hasard, grimpant sur des cailloux, sautant de brin d'herbe en brin d'herbe! Je me meurs! — Et si je vous répliquais à mon tour : Hé bien, chantez maintenant. » La fourmi n'eut rien à répondre; elle allait s'éloigner : « Non, non, je puis être légère, je ne suis pas mauvaise; entrez donc, séchez-vous, mangez tout votre soûl. Rappelez-vous seulement, en faveur des cigales qui pourront encore vous implorer un jour, rappelez-vous ce conseil tout amical :

Il ne se faut jamais moquer des misérables,
Car qui peut s'assurer d'être toujours heureux?

3. Règles relatives à la fable. — S'il est permis de fixer avec quelque rigueur les traits d'un tableau où le naturel doit surtout briller, on peut établir les trois règles suivantes :

I. *L'action doit être simple et naturelle.*

II. *Le dialogue lui donnera le mouvement et l'intérêt dramatiques.*

III. *La morale est un dénoûment qui doit être amené sans effort.*

4. Du dialogue. — Le *dialogue* est comme un double

discours, c'est le développement contradictoire d'une thèse discutable. Le choc des opinions et la lutte des sentiments doit avoir pour effet et pour résultat dernier une émotion plus vive et plus profonde, une idée plus claire, plus lumineuse et plus complète.

Le mérite principal d'un dialogue, c'est la progression de l'intérêt qui doit se renouveler à chaque face nouvelle de sa question. Ce mode de composition ne convient qu'à des questions qui prêtent réellement au doute et à la controverse. Ce serait un exercice dangereux plutôt que profitable pour un enfant de se mettre l'esprit à la torture afin de trouver de bonnes raisons à l'appui d'une mauvaise cause; il faut donc que les deux opinions en lutte aient toutes deux quelque chose de plausible et de spécieux.

5. Modèle de dialogue. — Fénelon a traité ce genre de composition avec une charmante délicatesse de goût; on peut prendre à peu près au hasard dans tous ses écrits de ce genre : le début des *Dialogues sur l'éloquence* fournira la matière d'une étude instructive :

DU VÉRITABLE ORATEUR.

Sujet. — Un jeune abbé, charmé du sermon qu'il vient d'entendre, veut le faire goûter à Fénelon, qui lui démontre : 1° que les beautés de ce discours sont bien fragiles, s'il est difficile d'en rendre compte; 2° que le texte : *Je mangeais la cendre comme mon pain*, loin d'être ingénieux, est faux; 3° que le ton général du discours est celui du bel esprit, et non de l'éloquence religieuse.

—

Développement. — *Fénelon.* — Hé bien, monsieur, vous venez donc d'entendre le sermon où vous vouliez me mener tantôt? Pour moi, je me suis contenté du prédicateur de ma paroisse.

L'abbé. — Je suis charmé du mien; vous avez bien perdu, monsieur, de n'y être pas. J'ai arrêté une place pour ne manquer aucun sermon du carême. C'est un homme admirable : si vous l'aviez une fois entendu, il vous dégoûterait de tous les autres.

Fénelon. — Je me garderai donc bien de l'aller entendre, car je ne veux point qu'un prédicateur me dégoûte des autres; au contraire, je cherche un homme qui me donne un tel goût et une telle estime pour la parole de Dieu, que j'en sois plus disposé à l'écouter partout ailleurs. puisque j'ai tant perdu et que vous êtes plein de ce beau sermon, vous pouvez, monsieur, me dédommager : de grâce, dites-nous quelque chose de ce que vous avez retenu.

L'abbé. — Je défigurerais ce sermon par mon récit ; ce sont cent beautés qui échappent : il faudrait être le prédicateur même pour vous dire....

Fénelon. — Mais encore ? son dessein, ses preuves, sa morale, les principales vérités qui ont fait le corps de son discours.... ne vous reste-t-il rien dans l'esprit ? Est-ce que vous n'étiez pas attentif ?

L'abbé. — Pardonnez-moi ; jamais je ne l'ai été davantage.

Fénelon. — Quoi donc ! vous voulez vous faire prier ?

L'abbé. — Non ; mais c'est que ce sont des pensées si délicates et qui dépendent tellement des tours et de la finesse de l'expression, qu'après avoir charmé dans le moment, elles ne se retrouvent pas aisément dans la suite. Quand même vous les retrouveriez, dites-les dans d'autres termes, ce n'est plus la même chose ; elles perdent leur grâce et leur force.

Fénelon. — Ce sont donc, monsieur, des beautés bien fragiles ; en les voulant toucher on les fait disparaître. J'aimerais bien mieux un discours qui eût plus de corps et moins d'esprit : il ferait une forte impression, on retiendrait mieux les choses. Pourquoi parle-t-on, sinon pour persuader, pour instruire et pour faire en sorte que l'auditeur retienne ?

L'abbé. — Hé bien, disons donc ce que j'ai retenu. Voici le texte : *Je mangeais la cendre comme mon pain ;* peut-on trouver un texte plus ingénieux pour le jour des Cendres ?

Il a montré que, selon ce passage, la cendre doit être aujourd'hui la nourriture de nos âmes : puis il a enchâssé dans son avant-propos, le plus agréablement du monde, l'histoire d'Artémise sur les cendres de son époux. Sa chute à son *Ave Maria* a été pleine d'art.

Sa division était heureuse, vous en jugerez. Cette cendre, dit-il, quoiqu'elle soit un signe de pénitence, est un principe de félicité ; quoiqu'elle semble nous humilier, elle est une source de gloire ; quoiqu'elle représente la mort, elle est un remède qui donne l'immortalité. Il a repris cette division de plusieurs manières, et chaque fois il donnait un nouveau lustre à ses antithèses.

Le reste du discours n'était ni moins poli, ni moins brillant : la diction était pure, les pensées nouvelles, les périodes nombreuses ; chacune finissait par quelque tour surprenant. Il nous a fait des peintures morales où chacun se retrouvait ; il a fait une anatomie des passions du cœur humain qui égale les *Maximes* de M. de la Rochefoucauld. Enfin, selon moi, c'était un ouvrage achevé.

Mais vous, monsieur, qu'en pensez-vous ?

Fénelon. — Je crains de vous parler sur ce sermon et de vous ôter l'estime que vous en avez : on doit respecter la parole de Dieu, profiter de toutes les vérités qu'un prédicateur a expliquées, et éviter l'esprit de critique, de peur d'affaiblir l'autorité du ministère.

L'abbé. — Non, monsieur, ne craignez rien, ce n'est point par cu riosité que je vous questionne; j'ai besoin d'avoir là-dessus de bonnes idées; je veux m'instruire solidement, non-seulement pour mes besoins, mais encore pour ceux d'autrui, car ma profession m'engage à prêcher. Parlez-moi donc sans réserve, et ne craignez ni de me contredire, ni de me scandaliser.

Fénelon. — Vous le voulez, il faut vous obéir. Sur votre rapport même, je conclus que c'était un méchant sermon.

L'abbé. — Comment cela?

Fénelon. — Vous l'allez voir. Un sermon où les applications sont fausses, où une histoire profane est rapportée d'une manière frivole et puérile, où l'on voit régner partout une vaine affectation de bel esprit, est-il bon?

L'abbé. — Non, sans doute; mais le sermon que je vous rapporte ne me semble point de ce caractère.

Fénelon. — Attendez, vous conviendrez de ce que je dis. Quand le prédicateur a choisi pour texte ces paroles : *Je mangeais la cendre comme mon pain*, devait-il se contenter de trouver un rapport de mots entre le texte et la cérémonie d'aujourd'hui? Ne devait-il pas commencer par entendre le vrai sens de son texte avant que de l'appliquer au sujet?

L'abbé. — Oui, sans doute.

Fénelon. — Ne fallait-il pas reprendre les choses de plus haut et tâcher d'entrer dans toute la suite du psaume? N'était-il pas juste d'examiner si l'interprétation dont il s'agissait était contraire au sens véritable, avant que de la donner au peuple comme la parole de Dieu?

L'abbé. — Cela est vrai; mais en quoi y peut-elle être contraire?

Fénelon. — David, ou quel que soit l'auteur du psaume CI, parle de ses malheurs en cet endroit; il dit que ses ennemis lui insultaient cruellement le voyant dans la poussière, abattu à leurs pieds, réduit (c'est ici une expression poétique) à se nourrir d'un pain de cendres et d'une eau mêlée de larmes. Quel rapport des plaintes de David, renversé de son trône et persécuté par son fils Absalon, avec l'humiliation d'un chrétien qui se met des cendres sur le front pour penser à la mort et pour se détacher des plaisirs du monde?

N'y avait-il point d'autre texte à prendre dans l'Écriture? Jésus-Christ, les apôtres, les prophètes n'ont-ils jamais parlé de la mort et de la cendre du tombeau à laquelle Dieu réduit notre vanité? Les Écritures ne sont-elles pas pleines de mille figures touchantes sur cette vérité? Les paroles mêmes de la Genèse, si propres, si naturelles à cette cérémonie, et choisies par l'Église même, ne seraient-elles donc pas dignes du choix d'un prédicateur? Pourquoi laisser cet endroit et tant d'autres de l'Écriture qui conviennent, pour en chercher un qui ne convient pas? C'est un goût dépravé, une passion aveugle de dire quelque chose de nouveau.

L'abbé. — Vous vous échauffez trop, monsieur; il est vrai que ce texte n'est point conforme au sens littéral.

Fénelon. — Pour moi, je veux savoir si les choses sont vraies avant de les trouver belles.

L'abbé. — Mais le reste?

Fénelon. — Le reste du sermon est du même genre que le texte; ne le voyez-vous pas, monsieur? A quel propos faire l'agréable dans un sujet si effrayant, et amuser l'auditeur par le récit profane de la douleur d'Artémise, lorsqu'il faudrait tonner et ne donner que des images terribles de la mort?

L'abbé. — Je vous entends, vous n'aimez pas les traits d'esprit. Mais sans cet agrément, que deviendrait l'éloquence? Voulez-vous réduire tous les prédicateurs à la simplicité des missionnaires? Il en faut pour le peuple; mais les honnêtes gens ont les oreilles plus délicates, et il est nécessaire de s'accommoder à leur goût.

Fénelon. — Vous me menez ailleurs. Je voulais achever de vous montrer combien ce sermon est mal conçu; il ne me restait qu'à parler de la division; mais je crois que vous comprenez assez vous-même ce qui me la fait désapprouver. Quand on divise, il faut diviser simplement, naturellement; il faut que ce soit une division qui se trouve toute faite dans le sujet même, une division qui éclaircisse, qui range les matières, qui se retienne aisément, et qui aide à retenir tout le reste; enfin une division qui fasse voir la grandeur du sujet et de ses parties. Tout au contraire, vous voyez ici un homme qui entreprend d'abord de vous éblouir, qui vous débite trois épigrammes, trois énigmes, qui les tourne et retourne avec subtilité; vous croyez voir des tours de passe-passe. Est-ce là un air sérieux et grave, propre à vous faire espérer quelque chose d'utile et d'important?

6. Règles relatives au dialogue. — Cette forme vive et intéressante d'exposition est soumise aux règles mêmes du discours; on peut les résumer dans les trois observations qui suivent:

I. *Le sujet de la discussion sera bien clairement conçu et indiqué.*

II. *Chaque personnage doit avoir un caractère et une opinion auxquels il restera fidèle tout le temps.*

III. *La progression croissante des idées, des sentiments et des mouvements de style amènera une sorte dé dénoûment.*

LEÇON XXIX.

COMPOSITIONS MORALES. — CARACTÈRE. PORTRAIT. — ÉLOGE. — PARALLÈLE.

1. DES COMPOSITIONS MORALES. — 2. DU CARACTÈRE. — 3. MODÈLES DE CARACTÈRES. — 4. DU PORTRAIT. — 5. MODÈLES DE PORTRAITS. — 6. DE L'ÉLOGE. — 7. MODÈLES D'ÉLOGES. — 8. DU PARALLÈLE. — 9. MODÈLES DE PARALLÈLES. — 10. RÉSUMÉ ET RÈGLES.

1. Des compositions morales. — Sous ce titre peuvent être réunies toutes les compositions qui ne consistent pas simplement dans l'amplification littéraire d'idées fournies par un argument, mais qui réclament de la part des élèves plus de réflexion, plus de maturité d'esprit, plus de connaissances acquises.

Ces compositions ont pour objet le développement de vérités qui intéressent la conscience ou le goût; telle est l'analyse des principes de la vertu, des caractères du beau en littérature ou dans les arts, telle est l'étude des manifestations de la volonté libre dans l'homme ou l'analyse de ses rapports avec Dieu.

D'une manière générale, ces compositions réclament une méthode très-rigoureuse, un style dont la clarté et la précision soient les mérites essentiels, les qualités permanentes.

Ce genre important de compositions peut être ramené à cinq espèces principales, dont chacune est digne d'une analyse et d'une étude à part. Ce sont le caractère, le portrait, l'éloge, l'analyse critique et le développement moral.

2. Du caractère. — On désigne sous ce nom l'indication des traits moraux qui distinguent un genre d'êtres ou d'individus. C'est une description morale et par conséquent bien plus difficile que la description physique ou le tableau. Par exemple, c'est faire un caractère que de peindre l'avare, l'hypocrite, le menteur, le prodigue, le brave, le philanthrope, etc.

Les règles générales relatives à la description et au tableau peuvent être transportées du monde physique au monde moral : les moyens sont les mêmes ; ils réclament seulement plus de réflexion et de délicatesse dans la manière dont ils sont employés.

Le premier soin à prendre pour ces sortes de composition, c'est de chercher tout d'abord quels sont les traits vraiment distinctifs indispensables au tableau, de les choisir et de les mettre en lumière, évitant avec une attention égale deux écueils opposés : la sécheresse qui résulte de ce qu'on se borne à quelques traits vagues et insuffisants, la prolixité qui se perd dans les détails et engendre l'obscurité, la confusion et la fatigue.

3. Modèles de caractères. — Voici, comme preuve des formes diverses qu'on peut donner à cette étude littéraire, deux caractères très-différents tracés par deux écrivains d'un génie bien différent aussi.

L'ÉGOÏSTE.

Sujet. — Il ne vit que pour lui et ne tient aucun compte des autres.

A table, en société, en voyage, il tourne tout à son profit; tout lui appartient.

Il ne plaint que lui et rachèterait volontiers sa vie par l'extinction du genre humain.

—

Développement. — Gnaton ne vit que pour soi, et tous les hommes ensemble sont à son égard comme s'ils n'étaient point. Non content de remplir à une table la première place, il occupe lui seul celle de deux autres : il oublie que le repas est pour lui et pour toute la compagnie ; il se rend maître du plat, et fait son propre de chaque service ; il ne s'attache à aucun des mets qu'il n'ait achevé d'essayer de tous : il voudrait pouvoir les savourer tous tout à la fois.

Il se fait, quelque part où il se trouve, une manière d'établissement, et ne souffre pas d'être plus pressé à l'église que dans sa chambre. Il n'y a dans un carrosse que les places du fond qui lui conviennent; dans toute autre, si on veut l'en croire, il pâlit et tombe en faiblesse. S'il fait un voyage avec plusieurs, il les prévient dans les hôtelleries, et il sait toujours se conserver, dans la meilleure chambre, le meilleur lit.

Il tourne tout à son usage : ses valets, ceux d'autrui, courent dans le même temps pour son service; tout ce qu'il trouve sous sa main lui est propre, hardes, équipages; il embarrasse tout le monde, ne se contraint pour personne, ne plaint personne, ne connaît de maux que les siens, que sa réplétion et sa bile; ne pleure point la mort des autres, n'appréhende que la sienne, qu'il rachèterait volontiers de l'extinction du genre humain.

—

LE PRÊTRE.

Sujet. — C'est l'ami des malheureux. Il voue sa vie entière au bonheur d'autrui et renonce à tous les biens et à tous les plaisirs pour des travaux obscurs et pénibles. Sa journée tout entière se passe au chevet des malades ou des mourants.

—

Développement. — Savez-vous ce que c'est qu'un prêtre? Un prêtre est par devoir l'ami, la providence vivante de tous les malheureux, le consolateur des affligés, le défenseur de quiconque est privé de défense, l'appui de la veuve, le père de l'orphelin, le réparateur de tous les désordres, de tous les maux qu'engendrent vos passions et vos funestes doctrines.

Sa vie entière n'est qu'un long et héroïque dévouement au bonheur de ses semblables. Qui de vous consentirait à échanger, comme lui, les joies domestiques, toutes les jouissances, tous les biens que les hommes recherchent si avidement, contre des travaux obscurs, des devoirs pénibles, des fonctions dont l'exercice brise le cœur et rebute les sens, pour ne recueillir souvent d'autre fruit de tant de sacrifices que le dédain, l'ingratitude ou l'insulte?

Vous êtes plongés dans un profond sommeil, et déjà l'homme de charité devançant l'aurore, a recommencé le cours de ses œuvres bienfaisantes. Il a soulagé le pauvre, visité le malade, essuyé les pleurs de l'infortune ou fait couler ceux du repentir, instruit l'ignorant, fortifié le faible, affermi dans la vertu les âmes troublées par les orages des passions. Après une journée remplie de pareils bienfaits, le soir arrive, mais non le repos. A l'heure où le plaisir vous appelle aux spectacles, aux fêtes, on accourt en grande hâte près du ministre sacré; un chrétien touche à ses derniers moments; il va mourir et peut-être d'une maladie contagieuse : n'importe; le bon pasteur ne laissera point expirer sa brebis sans adoucir ses angoisses, sans l'environner des consolations de l'espérance et de la foi, sans prier à ses côtés le Dieu qui mourut pour elle et qui lui donne dans cet instant même, dans le sacrement d'amour, un gage certain d'immortalité.

Enfin, dans un tout autre genre, Desmahis nous fournit un dernier modèle :

LE FAT.

C'est un homme dont la vanité seule forme le caractère; qui ne fait rien par goût, qui n'agit que par ostentation, et qui, voulant s'élever au-dessus des autres, est descendu au-dessous de lui-même. Familier avec ses supérieurs, important avec ses égaux, impertinent avec ses inférieurs, il tutoie, il protége, il méprise. Vous le saluez, il ne vous voit pas; vous lui parlez, il ne vous écoute pas; vous parlez à un autre, il vous interrompt. Il lorgne, il persifle au milieu de la société la plus respectable et de la conversation la plus sérieuse. Il dit à l'homme vertueux de venir le voir, et lui indique l'heure du brodeur et du bijoutier. Il n'a aucune connaissance; et il donne des avis aux savants et aux artistes. Il en eût donné à Vauban sur les fortifications, à Lebrun sur la peinture, à Racine sur la poésie.

4. Du portrait.— Lorsque la description des caractères et des traits se rapporte non plus à une espèce ou à un genre, mais à un individu; c'est alors un *portrait* au lieu d'un caractère; c'est la peinture des dispositions ou des passions qui dominent dans le cœur d'un homme et qui lui donnent sa physionomie morale.

Le portrait peut être encore la représentation vive des traits moraux qui distinguent un peuple ou une collection d'individus pris dans leur ensemble.

Ainsi, Bossuet a tracé dans l'oraison funèbre de la reine d'Angleterre un admirable portrait de Cromwell; Barthélemy a présenté le portrait du peuple athénien dans son *Voyage du jeune Anacharsis*[1].

La fidélité et l'intérêt sont des qualités indispensables au portrait. De même que le peintre doit saisir dans son modèle le trait qui lui donne sa physionomie propre; de même l'écrivain doit comprendre, marquer et bien faire sentir le caractère dominant, le trait distinctif de son personnage, pour ramener à cette idée mère tous les autres détails. Mais autant l'application intelligente de cette règle est féconde, autant la poursuite étourdie d'une unité factice est dangereuse; elle fausse la nature et met l'imagination du peintre à la place de la réalité.

1. Voir *Morceaux choisis*, 2e année, page 106; 3e année, page 191.

5. Modèles de portraits. — Voici comment Chateaubriand dans un style d'une simplicité un peu étudiée a tracé le portrait de Pascal :

PORTRAIT DE PASCAL.

Sujet. — Doué d'un génie précoce et fécond, à douze ans il apprit seul la géométrie, à seize ans il écrivit un Traité des Coniques, à dix-neuf ans il créa la machine à compter, et à vingt-trois ans démontra la pesanteur de l'air. Puis il tourna toutes ses pensées vers la religion, et au milieu des souffrances qui amenèrent sa mort, à trente-huit ans, il jeta sur le papier des Pensées écrites dans la langue de Bossuet et de Racine.

—

Développement. — Il y avait un homme qui, à douze ans, avec des *barres* et des *ronds*, avait créé les mathématiques; qui, à seize, avait fait le plus savant Traité des Coniques qu'on eût vu depuis l'antiquité; qui, à dix-neuf, réduisit en machine une science qui existe tout entière dans l'entendement; qui, à vingt-trois, démontra les phénomènes de la pesanteur de l'air, et détruisit une des grandes erreurs de l'ancienne physique; qui, à cet âge où les autres hommes commencent à peine de naître, ayant achevé de parcourir le cercle des sciences humaines, s'aperçut de leur néant, et tourna toutes ses pensées vers la religion; qui depuis ce moment jusqu'à sa mort, arrivée dans sa trente-neuvième année, toujours infirme et souffrant, fixa la langue qu'ont parlée Bossuet et Racine, donna le modèle de la plus parfaite plaisanterie, comme du raisonnement le plus fort; enfin qui, dans le court intervalle de ses maux, résolut, en se privant de tous les secours, un des plus hauts problèmes de géométrie, et jeta au hasard sur le papier des Pensées qui tiennent autant de Dieu que de l'homme. Cet effrayant génie se nommait Blaise Pascal.

Bien qu'il soit intéressant surtout de faire connaître et apprécier aux hommes les actes et les sentiments qui peuvent leur servir d'exemples et de modèles ; bien que l'admiration soit une passion noble et féconde, il s'en faut que tous les portraits soient des éloges ; témoin le portrait de Tibère par Tacite.

Le plus souvent, l'historien est obligé de mêler dans un portrait le blâme à l'éloge ; c'est ce qu'a fait M. Thiers dans cette belle étude historique et morale :

CÉSAR.

Né avec tous les talents, brave, fier, éloquent, élégant, prodigue et toujours simple, mais sans le moindre souci du bien ou du mal, il n'a qu'une pensée, c'est de réussir là où Sylla et Marius ont échoué, c'est-à-dire de devenir le maître de son pays. Alexandre a voulu conquérir le monde connu : César, dans cette Rome qui a presque conquis l'univers, ne veut conquérir qu'elle-même. Dans cette vie, tous les moyens sont pervers comme le but, et il faut cependant reconnaître à César un mérite, c'est d'avoir voulu à la république substituer l'empire, non par le sang comme Marius et Sylla, mais par la corruption qui allait aux mœurs de Rome et par l'esprit qui allait à son génie. Enfin, le trait particulier de ce personnage extraordinaire, grand politique, grand orateur, grand guerrier, grand débauché surtout, et clément sans bonté, sera toujours d'avoir été le mortel le plus complet qui ait paru sur la terre.

6. De l'éloge. — L'*éloge* est un portrait destiné à faire aimer ou admirer le personnage que l'écrivain représente. Il doit avoir toutes les qualités du portrait, avec ce caractère particulier d'insister sur le bien et de glisser sur le mal ou même de n'en point parler. Le panégyriste n'est ni un témoin ni un historien; il est tenu de ne rien dire que de vrai, mais il n'est pas tenu de dire toute la vérité.

La sobriété dans le ton et dans le choix des expressions est indispensable au succès sérieux d'un éloge; tout panégyriste doit avoir sans cesse présente à l'esprit l'observation de La Bruyère : Amas d'épithètes, mauvaises louanges.

7. Modèles d'éloges. — A cet égard, les deux développements qui suivent contiennent dans une mesure très-différente d'excellentes leçons de goût; et, à cause de cette différence même, la comparaison en peut être très-instructive.

SAINT LOUIS.

Sujet. — Saint Louis est le modèle du héros chrétien; humble dans la grandeur, prêt à servir les pauvres, acceptant du même œil la puissance et la captivité, la vie et la mort, toujours en présence de Dieu auquel il rapporte tout.

—

Développement. — Roi, il est le modèle des rois; chrétien, il est le modèle de tous les hommes. Quel exemple pour nous! Il est humble dans le sein de la grandeur; et nous, hommes vulgaires, nous sommes enflés de vanité et d'orgueil! Il est roi, et il est humble : c'est beaucoup pour les moindres particuliers d'être modestes; mais quelle différence entre la modestie et l'humilité! Saint Louis secourt les pauvres, tous les païens l'ont fait; mais il s'abaisse devant eux, il est le premier des rois qui les ait servis. C'est là ce que la morale païenne n'avait pas seulement imaginé. Toutes les vertus humaines étaient chez les anciens; les vertus divines ne sont que chez les chrétiens. Voir d'un même œil la couronne et les fers, la santé et la maladie, la vie et la mort; faire des choses admirables et craindre d'être admiré; n'avoir dans le cœur que Dieu et son devoir; n'être touché que des maux de ses frères; être toujours en présence de son Dieu; n'entreprendre, ne réussir, ne souffrir, ne mourir que pour lui : voilà saint Louis, voilà le héros chrétien; toujours grand et toujours simple; toujours s'oubliant lui-même.

—

Autre développement.—Quel cœur chrétien pourrait ne pas tressaillir d'admiration en songeant à tout ce qu'il y a eu dans cette âme de saint Louis; à ce sentiment si violent et si pur du devoir, à ce culte exalté et scrupuleux de la justice, à cette exquise délicatesse de conscience qui l'engageait à renoncer aux acquisitions illégitimes de ses prédécesseurs, aux dépens même de la sûreté publique et de l'affection de ses sujets; à cet amour immense du prochain qui débordait de son cœur et qui après avoir inondé son épouse chérie, sa mère et ses frères dont il pleurait si amèrement la mort, allait chercher le dernier de ses sujets, lui inspirait une si tendre sollicitude pour les âmes d'autrui et le dirigeait pendant ses heures de délassement vers la chaumière des pauvres qu'il soulageait lui-même.

Et cependant, à toutes les vertus du saint, il savait unir la plus téméraire bravoure; c'était à la fois le meilleur chevalier et le meilleur chrétien de France : on le vit à Taillebourg et à la Massoure. C'est qu'il pouvait combattre et mourir sans crainte, celui qui avait fait avec la justice de Dieu et des hommes un pacte inviolable, qui savait pour lui rester fidèle, être si sévère contre son propre frère; qui n'avait pas rougi, avant de s'embarquer pour la croisade, d'envoyer par tout son royaume des moines mendiants chargés de s'informer auprès des plus pauvres gens s'il leur avait été fait quelque tort au nom du roi et de le réparer aussitôt à ses dépens.

Il nous a laissé deux monuments immortels, son oratoire et son tombeau, la Sainte-Chapelle et Saint-Denis, tous deux purs, simples, élancés vers le ciel comme lui-même. Il en a laissé un plus beau et plus immortel encore dans la mémoire des peuples, le chêne de Vincennes.

C'est un grand art de savoir bien louer, et nul genre ne demande des pensées plus fines et des tours plus délicats. Cette observation générale doit être rappelée à notre pays et à notre temps; car le bon goût est en droit de reprocher au dix-neuvième siècle l'abus en prose et en vers du panégyrique et de l'apothéose.

8. Du parallèle. — La comparaison est un procédé d'étude et d'amplification qui éclaire deux idées ou deux objets par leur contraste ou par leur ressemblance ; ce procédé appliqué aux personnes ou aux caractères constitue ce qu'on nomme proprement le *parallèle*.

Destiné à mieux faire connaître les deux objets ou les deux personnages que l'esprit rapproche, le parallèle doit contenir tous les détails qui peuvent offrir quelque intérêt. L'écueil le plus dangereux, parce qu'il est le plus séduisant, c'est la tendance à multiplier les analogies ou les contrastes, à chercher une symétrie factice. L'écrivain doit se tenir toujours en garde contre cette disposition trop commune qui enlève toute valeur historique et morale au parallèle.

9. Modèle de parallèles. — Voici un morceau très-remarquable de Chateaubriand qui rapproche deux hommes illustres à des titres bien différents.

WASHINGTON ET BONAPARTE.

Sujet. — Washington n'a aucune des qualités extraordinaires et brillantes qui appellent la gloire, il songe modestement aux destinées de son pays et non à son illustration.

Bonaparte a surtout l'ambition de sa propre renommée et se précipite vers la gloire dans tous les sens.

La fin de ces deux hommes a été le juste salaire de leurs œuvres.

—

Développement. — Washington n'appartient pas comme Bonaparte à cette race qui dépasse la stature humaine. Rien d'étonnant ne s'attache à sa personne ; il n'est pas placé sur un vaste théâtre ; il ne livre point de ces combats qui renouvellent les triomphes d'Arbelles et de Pharsale. Quelque chose de silencieux enveloppe ses actions ; il agit avec lenteur : on dirait qu'il se sent chargé de la liberté de l'avenir et qu'il craint de la compromettre. Ce ne sont pas ses destinées que porte ce héros d'une nouvelle espèce, ce sont celles de son pays.

Bonaparte n'a aucun trait de ce grave Américain : il combat avec fracas sur une vieille terre ; il ne veut créer que sa renommée ; il ne se charge que de son propre sort. Il semble savoir que sa mission sera courte, que le torrent qui descend de si haut s'écoulera vite ; il se hâte de jouir et d'abuser de sa gloire, comme d'une jeunesse fugitive. A l'instar des dieux d'Homère, il veut arriver en quatre pas au bout du monde. Penché sur le monde, d'une main il terrasse les rois, de l'autre il abat le géant révolutionnaire ; mais en écrasant l'anarchie, il étouffe la liberté, et finit par perdre la sienne sur son dernier champ de bataille.

Chacun est récompensé selon ses œuvres : Washington élève une nation à l'indépendance; magistrat en repos, il s'endort sous son toit au milieu des regrets de ses compatriotes et de la vénération des peuples. Bonaparte ravit à une nation son indépendance : empereur déchu, il est précipité dans l'exil où la frayeur de la terre ne le croit pas encore assez emprisonné sous la garde de l'Océan. Il expire : cette nouvelle publiée à la porte du palais devant laquelle le conquérant fit proclamer tant de funérailles n'arrête ni n'étonne le passant : qu'avaient à pleurer les citoyens?

10. Résumé et règles. — Les observations critiques justifiées par ces exemples se résument dans les cinq règles suivantes :

I. *Les compositions morales réclament une méthode rigoureuse dans les idées et dans le raisonnement, beaucoup de clarté et de précision dans le style.*

II. *Le caractère doit dessiner les traits essentiels sans sécheresse et sans prolixité.*

III. *Le portrait doit être fidèle et intéressant; le caractère principal du modèle doit servir de point central au tableau.*

IV. *L'éloge ne doit dire que la vérité dans un style sobre d'épithètes.*

V. *Le parallèle doit être exact et se garder de rapprochechements forcés qui ne seraient pas dans la nature.*

LEÇON XXX.

ANALYSE CRITIQUE ET DÉVELOPPEMENT MORAL.

1. DE L'ANALYSE CRITIQUE. — 2. MODÈLE D'ANALYSE CRITIQUE. — 3. DU DÉVELOPPEMENT MORAL. — 4. MODÈLES DE DÉVELOPPEMENT MORAL. — 5. RÉSUMÉ ET RÈGLES.

1. De l'analyse critique. — L'une des études les plus intéressantes pour les jeunes esprits, c'est de chercher à se rendre compte des mérites qui provoquent l'admiration pour les œuvres des grands écrivains. En effet, l'analyse raisonnée des procédés employés par les bons écrivains est la meilleure école du goût.

L'étude critique des auteurs est tenue de suivre un ordre méthodique dont le bon sens et l'expérience fixent ainsi les points principaux :

1° Chercher l'idée première qui fait le sujet du morceau et qui est d'ordinaire indiquée par le titre même.

2° Reconnaître et apprécier les moyens par lesquels cette idée a été développée.

3° Examiner et juger le style dans ses caractères généraux, dans ses qualités particulières et dans son rapport avec les idées et les sentiments que l'auteur a voulu exprimer.

L'esprit dominant de la critique doit être une tendance généreuse à découvrir et à comprendre les qualités distinctives d'un écrivain. Le plaisir du dénigrement est une triste satisfaction de la vanité et de la sottise; le plaisir de l'admiration est seul fécond et vivifiant. Aussi le caractère essentiel d'une saine critique est-il d'être impartiale avec un désir sincère et constant de découvrir, de proclamer, d'admirer le bien et le beau.

2. Modèle d'analyse critique.— Une des applications les plus régulières et les plus heureuses de ces principes élémentaires de la bonne critique se rencontre dans l'étude suivante de Batteux :

ANALYSE CRITIQUE DE LA FABLE

LE CHÊNE ET LE ROSEAU.

La Fontaine mettait au rang de ses meilleures fables celle du Chêne et du Roseau. Avant que de la lire, essayons nous-mêmes quelles seraient les idées que la nature nous présenterait sur ce sujet. Prenons les devants pour voir si l'auteur suivra la même route que nous.

Dès qu'on nous annonce le Chêne et le Roseau, nous sommes frappés par le contraste du grand avec le petit, du fort avec le faible. Voilà une première idée qui nous est donnée par le seul titre du sujet; nous serions choqués si, dans le récit du poëte, elle se trouvait renversée de manière qu'on accordât la force et la grandeur au Roseau, et la petitesse avec la faiblesse au Chêne; nous ne manquerions pas de réclamer les droits de la nature et de dire qu'elle n'est pas rendue, qu'elle n'est pas imitée : l'auteur est donc lié par ce seul titre.

Si on suppose que les deux plantes se parlent, on sent que le Chêne doit parler avec hauteur et confiance, le Roseau avec modestie et simplicité; c'est encore la nature qui le demande. Cependant, comme il arrive presque toujours que ceux qui prennent le ton haut sont des sots, et que les gens modestes ont raison, on ne serait point surpris ni fâché de voir l'orgueil du Chêne abattu et la modestie du Roseau préservée. Mais cette idée est enveloppée dans les circonstances d'un événement qu'on ne conçoit pas encore. Hâtons-nous de voir comment l'auteur le développe :

> Le Chêne un jour dit au Roseau :
> « Vous avez bien sujet d'accuser la nature.

Le discours est direct; cette manière est plus vive ; on croit entendre les acteurs mêmes, le début est dramatique. Le second vers contient la proposition du sujet et marque quel sera le ton de tout le discours ; le Chêne montre déjà du sentiment et de la compassion, mais de cette compassion orgueilleuse par laquelle on fait sentir au malheureux les avantages qu'on a sur lui :

> Un roitelet pour vous est un pesant fardeau.

Cette idée de la faiblesse est bien vive et bien humiliante pour le Roseau ; elle tient de l'insulte.

> « Le moindre vent qui d'aventure
> « Fait rider la face de l'eau,
> « Vous oblige à baisser la tête.

C'est la même pensée sous une autre image. Le poëte ne raisonne que par des exemples; c'est la manière la plus sensible, parce qu'elle frappe l'imagination en même temps que l'esprit. Ces trois vers sont doux; il semble que le Chêne s'abaisse à ce ton de bonté par pitié pour le Roseau. Il parle de lui-même en de bien autres termes :

> « Cependant que mon front, au Caucase pareil,
> « Non content d'arrêter les rayons du soleil,
> « Brave l'effort de la tempête.

Quelle noblesse dans les images! quelle fierté dans les expressions et les tours ! *Cependant que*, terme noble et pompeux; *au Caucase pareil*, comparaison hyperbolique; *arrêter* marque une sorte d'empire et de supériorité; sur qui? sur le soleil lui-même; *braver* ne signifie pas seulement *résister*, mais *résister avec insolence*. Ces trois vers dont l'harmonie est forte, pleine, les idées grandes, nobles, contrastent avec les trois précédents, dont l'harmonie est douce de même que les idées.

> « Tout vous est aquilon, tout me semble zéphyr.

Le Chêne revient à son parallèle si flatteur pour son amour-propre, et, pour le rendre plus sensible, il le réduit en deux mots : tout *vous est* réellement aquilon, et à moi tout *me semble* zéphyr. Le contraste est observé partout, jusque dans l'harmonie : *tout me semble zéphyr* est beaucoup plus doux que *tout vous est aquilon*. Quelle énergie dans la brièveté !

« Encor si vous naissiez à l'abri du feuillage
« Dont je couvre le voisinage,
« Vous n'auriez pas tant à souffrir;
« Je vous défendrais de l'orage.

L'orgueil du Chêne étant satisfait, il reprend son premier ton de compassion. Qu'il y a de plaisir à se donner soi-même pour quelqu'un qui protége !

« Mais vous naissez le plus souvent
« Sur les humides bords des royaumes du vent.

Ce tour est poétique, et même de la haute poésie, ce qui ne messied pas dans la bouche du Chêne.

« La nature envers vous me semble bien injuste !

C'est la conclusion que le Chêne prononce, sans doute en appuyant avec une pitié désobligeante.

On attend avec impatience la réponse du Roseau. La Fontaine, qui a su faire naître l'intérêt, ne sera point embarrassé pour le satisfaire. La réponse du Roseau sera polie, mais sèche, et on n'en sera point surpris :

— « Votre compassion, lui répondit l'arbuste,
« Part d'un bon naturel.

C'est une contre-vérité ; le Roseau n'a pas voulu lui dire qu'elle partait de l'orgueil, mais seulement il lui fait sentir qu'il en avait examiné et vu le principe; c'était au Chêne à comprendre ce discours. Tout ce qui suit est sec et même menaçant :

Mais quittez ce souci :
« Les vents me sont moins qu'à vous redoutables;
« Je plie, et ne romps pas. Vous avez jusqu'ici,
« Contre leurs coups épouvantables,
« Résisté sans courber le dos;
« Mais attendons la fin. »

Le propos n'est pas long, mais il est énergique. Les acteurs n'ont plus rien à se dire ; c'est au poëte à achever le récit. Il prend le ton de la matière ; il peint un orage furieux :

Comme il disait ces mots,
Du bout de l'horizon accourt avec furie
Le plus terrible des enfants
Que le Nord eût portés jusque-là dans ses flancs.

Le vent part de l'extrémité de l'horizon : sa rapidité s'accroît dans sa course; il y a image. Au lieu de dire un *vent du nord*, le poëte le personnifie, et la périphrase donne de la noblesse à l'idée.

L'arbre tient bon ; le Roseau plie.

Voilà nos deux acteurs en situation parallèle.

Le vent redouble ses efforts,
Et fait si bien qu'il déracine
Celui de qui la tête au ciel était voisine,
Et dont les pieds touchaient à l'empire des morts.

Ces vers sont beaux, nobles; l'antithèse et l'hyperbole qui règnent dans les deux derniers les rendent sublimes.

Le poëte, comme on le voit, a suivi les idées que le sujet présente naturellement: c'est ce qui fait la vérité de son récit. Mais il a su revêtir ce fond de tous les ornements qui pouvaient lui convenir; c'est ce qui en fait la beauté. Ses pensées, ses expressions, ses tours forment un accord parfait avec le sujet; toutes les parties en sont assorties et liées par la suite et l'ordre des pensées, par la forme du style; elles nous présentent par ce moyen un tableau de l'art où tout est grâce et vérité. Joignez à cela le sentiment qui règne partout, qui anime tout d'un bout à l'autre. Cette pièce a tout ce qu'on peut désirer pour une fable parfaite.

3. Du développement moral. — Ce genre de composition est sur la limite étroite qui sépare la rhétorique de la philosophie. Il est un grand nombre de vérités morales qui sont des principes de sens commun et à propos desquelles l'argumentation n'a pas besoin d'une précision et d'une rigueur scientifiques ; elles peuvent donc revêtir une forme littéraire et se prêtent volontiers à ces sobres ornements qui donnent du charme à la vérité sans la voiler et la déguiser en rien. Les orateurs de la chaire ont de tout temps fourni de brillants exemples de cette union féconde entre la logique et l'imagination. Dans cette alliance la raison doit dominer, mais sans étouffer les qualités littéraires de l'esprit et du style.

4. Modèles de développement moral. — On peut donner le charme et la vivacité à l'exposition d'une vérité morale par l'emploi d'une allégorie transparente comme dans le développement de ce simple lieu commun :

Les plus sages des hommes sont souvent déraisonnables dans leurs vœux et dans leurs prières.

LES PRIÈRES DES HOMMES.

Sujet : Lucien, sur la fin de sa vie, alla passer quelque temps chez le philosophe Xilander, près d'Athènes. Un soir qu'il revenait des fêtes de Jupiter, étourdi du tumulte des réjouissances publiques, il s'assied au pied d'un arbre, s'endort et a une vision.

Jupiter lui apparaît, l'invite à écouter avec lui les prières des mortels, et lui ordonne de lever une petite trappe à laquelle se rendent l'encens et les vœux de toute la terre.

Mille prières se font entendre à la fois; Jupiter ordonne à Borée de rétablir le calme, et la voix d'un écolier parvient seule; puis c'est un peuple tout entier qui, à propos d'un tyran, adresse à Jupiter des vœux contradictoires; ensuite viennent les prières inspirées par diverses passions; enfin la prière de Xilander lui-même, prière plus déraisonnable que toutes les autres.

Jupiter, indigné, fait retomber la trappe, et Lucien se réveille.

—

Développement. — Lucien, sur la fin de sa carrière, passa quelque temps auprès du philosophe Xilander, qui demeurait à peu de distance d'Athènes. Un jour, après avoir assisté aux fêtes de Jupiter, que les Athéniens célébraient avec la plus fastueuse magnificence, il revenait chez son hôte, encore étourdi du fracas des réjouissances publiques, fatigué de la pompe et de la folie des Athéniens; après tout, content de sa journée, car le monde ne lui avait jamais paru plus ridicule, jamais il n'avait amassé contre les hommes plus de traits malins, plus de piquantes plaisanteries. Je ne sais quel auteur ajoute encore que les fumées légères d'un vin de Chio pouvaient aussi contribuer à éclaircir les sombres vapeurs de la morale dans le cerveau du bon vieillard. Il s'assit au pied d'un arbre pour se reposer quelques instants. C'était une des plus belles nuits de l'Attique; tout était calme autour de lui; la lune commençait à répandre sur les campagnes sa douce et pâle lumière qui semblait inviter au sommeil. Le philosophe eut bientôt cédé à tant d'impressions agréables, et voici comment il termina sa plaisante journée par une vision plus plaisante encore.

Il vit s'ouvrir devant lui les portes de l'Olympe : le grand Jupiter, du haut de son trône, lui fit signe de s'approcher. Le dieu n'avait plus ce front terrible qu'Homère nous représente chargé de menaces et faisant trembler les cieux; il souriait au sage et semblait jouir de sa surprise. « Bonjour, Lucien, lui dit-il, sois le bienvenu. Je vais donner audience aux prières des hommes ; veux-tu les écouter avec moi? » Confus d'un tel honneur, le philosophe répondit à Jupiter par un compliment assez mal tourné, que j'épargnerai au lecteur avec beaucoup d'autres détails. Le père des dieux lui ordonne alors de lever une petite trappe placée au pied de son trône, à laquelle se rendent, de toutes les parties de la terre, les vœux et les sacrifices des mortels. A peine la trappe fut-elle levée, qu'un nuage de fumée pensa étouffer le philosophe. En même temps, le son effrayant de mille voix l'étourdit au point qu'il se crut devenu sourd pour le reste de ses jours. Jupiter, qui ne laissait pas d'être lui-même très-incommodé de ces bouffées, appela le fougueux Borée, et, ne pouvant faire entendre sa voix, il lui commanda par un signe de tête de chasser avec son haleine cette vapeur importune.

Il était impossible de rien distinguer parmi cette confusion de cris et de vœux; seulement les mots de richesses, d'honneurs, de longues années se faisaient entendre sans peine, parce qu'ils étaient répétés plus souvent et avec plus de ferveur que les autres. Alors Jupiter baissa la trappe et la laissa presque fermée, de manière qu'il ne pouvait plus sortir qu'une prière à la fois.

La première qu'ils entendirent fut celle d'un jeune écolier d'Athènes: « Grand Jupiter, disait-il, tu connais mon mérite; tu sais combien je suis au-dessus de tous mes rivaux : qu'ils disparaissent devant ma gloire, humiliés et confondus! J'ai deux vases d'argent : l'un est pour le maître qui nous juge; l'autre est pour toi, si tu accomplis mes vœux. » — « Seigneur Jupiter, dit le philosophe, n'enverrez-vous pas Mercure couper les oreilles à cet impudent? — Pas si vite, mon cher Lucien; ne sais-tu pas qu'à ce compte il faudrait couper les oreilles à toute la jeunesse d'Athènes? Mercure aurait trop à faire. »

Tout à coup il fut interrompu par une foule de vœux que lui adressait tout un peuple pour la santé d'un tyran. Lucien fut bien surpris, lorsqu'après avoir entendu des prières réclamées avec tant d'ardeur et de dévotion, il entendit les mêmes voix murmurer sourdement des malédictions contre leur prince, et des reproches à Jupiter de ce qu'il n'avait pas encore écrasé ce tyran. Mais le maître des dieux fut si indigné de la bassesse de ces misérables, qu'il accueillit, pour les punir, le premier vœu, et rejeta le second.

Venaient ensuite des prières ordinaires : un pieux jeune homme suppliait Jupiter de délivrer au plus tôt des misères de la vie humaine son vieil oncle, dont il attendait l'héritage; un avare demandait encore un sac d'argent; un médecin demandait des malades, quitte à ne les point guérir; un plaisant, des bons mots; un rhéteur, des phrases.

Tandis que le philosophe faisait en lui-même ses réflexions sur toutes ces prières, une voix cassée fit entendre ces mots : « Père des dieux et des hommes, je ne demande plus de vous qu'une année de vie et je mourrai content. » — « Voilà bien le plus impertinent des vieillards qui soient au monde, dit Jupiter; il y a plus de seize ans qu'il m'adresse le même vœu. Il me demandait, lorsqu'il n'avait que soixante-dix ans, de le laisser vivre jusqu'à ce qu'il pût voir sa fille mariée; je le permis. Ensuite il ne désira plus que de voir finir l'éducation de son petit-fils. Maintenant il me supplie de lui laisser achever une maison qu'il fait bâtir, car c'est aujourd'hui la fureur générale. Je suis las de vains prétextes pour prolonger une vie déjà trop longue.

« Mais, continua-t-il avec colère, n'entendrai-je que des vœux insensés et de folles demandes? Ne recevrai-je jamais une prière raisonnable de tant de mortels qui m'en font chaque jour? »

Le dieu irrité allait pousser la trappe en murmurant, lorsque Lucien le pria d'écouter encore une voix qu'il reconnut pour être celle de son hôte l'Athénien Xilander, l'un des philosophes les plus estimés de son temps « Volontiers; peut-être celui-ci aura-t-il de la raison pour tous les autres. » « Grand Jupiter, disait le philosophe, c'est par ma sagesse que j'ai acquis tant de réputation dans ma patrie; augmentez en moi cette sagesse si précieuse; surtout faites croître en même temps cette barbe épaisse sans laquelle tout mon mérite.... » Jupiter, indigné, fit retomber la trappe avec violence, et Lucien fut pris d'une si grande envie de rire, qu'il se réveilla en sursaut.

Une manière plus sévère de traiter un sujet moral consiste à développer les arguments à l'appui de la thèse qu'il s'agit de poser et de faire accepter. Alors le développement littéraire se transforme presque en une dissertation philosophique.

DE L'ÉDUCATION.

Sujet : L'éducation a un double but : 1° développer dans l'homme l'intelligence et la volonté; 2° le préparer au rôle qu'il doit remplir dans la société.

—

Développement. — L'éducation n'est que l'achèvement de l'homme selon le plan tracé par la Providence. Cette œuvre s'accomplit par le développement élevé, libre, généreux, de toutes les facultés physiques, intellectuelles, morales et religieuses de l'enfant; c'est par là qu'elle devient pour lui la préparation éloignée, mais essentielle à tous les devoirs qu'il aura à remplir plus tard sur la terre.

Mais, à côté de ce but général, de cette préparation éloignée, l'éducation doit se proposer un autre but, un but spécial : elle doit offrir à l'homme une préparation prochaine et immédiate à sa vocation sociale.

Tout individu doit travailler d'abord à devenir un homme honnête et intelligent, habile et vertueux; c'est la fin commune, générale, nécessaire. Mais, de plus, il a toujours une vocation spéciale, en vertu de laquelle il est appelé à remplir telle ou telle fonction dans la société humaine. Outre l'éducation générale et essentielle qui forme l'homme avant tout, qui l'initie de loin à toutes choses, qui développe en lui et élève les facultés générales de la nature, et en fait par là un homme digne de ce nom, il doit donc y avoir une éducation spéciale et professionnelle qui forme aussi le citoyen et le prépare à servir sa patrie dans telle ou telle profession, par laquelle il devra atteindre sa fin particulière et se rendre en même temps utile à ses semblables.

Ces deux genres d'éducation sont d'une égale importance pour l'homme L'une lui donne toute la dignité, toute la force de sa nature, l'élève au-dessus de tout en ce monde, le rend capable d'atteindre la fin la plus haute dans un monde meilleur, en même temps qu'elle le rend plus habile et plus fort ici-bas. L'autre le cultive en vue de sa vocation sur la terre et de sa place dans la société, l'y prépare directement, et le fait entrer ainsi fermement dans les voies providentielles que Dieu a tracées pour lui comme un chemin spécial vers le but suprême et définitif.

Ces deux éducations ne sont pas opposées l'une à l'autre; bien au contraire, elles se fortifient, se perfectionnent, s'achèvent l'une par l'autre.

5. Résumé et règles. — Ces observations générales peuvent être résumées dans les quatre règles suivantes qui sont comme les principes élémentaires de la critique littéraire et morale.

I. *Le développement littéraire doit être simple, clair et précis dans la pensée et dans la forme; il admet quelques ornements en harmonie avec le sujet.*

II. *La critique littéraire doit être animée du désir de trouver le bien pour s'éclairer et s'instruire.*

III. *Elle doit étudier le fond, puis les idées accessoires, enfin de style.*

IV. *Le développement moral doit tout subordonner à la justesse des idées et des raisonnements.*

FIN.

TABLE DES MATIÈRES

Paris. — Imprimerie générale de Ch. Lahure, rue de Fleurus, 9.

www.ingramcontent.com/pod-product-compliance
Lightning Source LLC
LaVergne TN
LVHW020317230826
846091LV00003B/712

* 9 7 8 2 3 2 9 2 9 3 4 7 9 *